바람에 흔들리게
창문을 열어주세요

∗ 이 책에 사용한 인용의 출처는 다음과 같습니다.

1. 《인생 수업》엘리자베스 퀴블러 로스, 데이비드 케슬러 지음, 류시화 옮김, 이레, 2014, 108쪽

2. 《How to Stop Worrying & Start Living》데일 카네기 지음, 리베르, 2012, 414~417쪽

3. 《나와 너》마르틴 부버 지음, 표재명 옮김, 문예출판사, 2014, 166쪽

4. 《콰이어트》수전 케인 지음, 김우열 옮김, 알에이치코리아, 2012, 98쪽, 100쪽, 101쪽

5. 《성공이 보이는 심리학》리잉 지음, 고보혜 옮김, 이터, 2020
   《하버드 심리 수업》은 《성공이 보이는 심리학》이라는 개정판으로 출간되었다.

6. 《소중한 경험》김형경 지음, 사람풍경, 2015, 105~106쪽

7. 《내면아이의 상처 치유하기》마거릿 폴 지음, 소울메이트, 2013, 152~153쪽

그 외 〈네이버 지식백과〉〈네이버 지식백과 : 시사상식사전, 저자 : pmg 지식엔진연구소, 제공처 : 박문각〉
〈다음 백과〉〈한국민족문화 대백과사전〉에서 인용하였습니다.

식물의 마음으로
읽어내는 관계의 소리

바람에 흔들리게

창문을 열어주세요

김지연
에세이

Booksgo

사춘기도 없이 지나온 10대 때와 달리 나이 들수록 내적 갈등이 심해졌습니다. 힘들었던 지점엔 늘 엉킨 인간관계가 자리 잡고 있었습니다. 직장에 다닐 때도, 결혼을 해서도, 아이를 키우면서도 사람은 제게 기쁨을 주었지만 고통도 주었습니다.

아무리 봐도 긍정적으로 해석할 수 없는 사람을 발견했기 때문입니다. 더 슬픈 건 오랫동안 아름답기만 하던 나의 관계망에 얽힌 사람에게서도 이물질을 발견하는 일이었습니다. 나를 둘러싼 관계가 시간이 갈수록 단단해지기보다 곧 부서질 과자처럼 느껴지기도 했습니다.

가까운 사람, 스쳐 지나가는 사람의 말 한마디에 옭아 매여 갑갑했습니다. 때로는 이 사람도 저 사람도 다 미웠습니다. '저 사람은 왜 저럴까?' 이해하기도 어렵고 이해하고 싶지도 않았습니다. 마음에 미움이 자리 잡을 때마다 그 마음을 따라가기도 떨쳐내기도 힘들었습니다. 그러다가 관계를 끊어내고 제 좁은 속을 탓하곤 했습니다.

'속 좁게 굴지 말고 좀 이해해봐' '그것도 용서하지 못해?'라고 자책했습니다.

그럼에도 불구하고 어렸을 때와 달리 타인의 충고는 잘 받아들여지지 않았습니다. 충고대로 살아오다 더 깊어진 갈등도 많았거든요. 게다가 충고하는 이의 말이 귀에 닿기 전에 그의 허점투성이 모습이 먼저 눈에 들어왔습니다.

자책과 원망으로 생활하던 중 작은아이와 함께 꽃시장에 다니게 됐습니다. 작은아이가 초등학교 2학년 때 큰아이는 고등학생이었습니다. 큰아이가 새로운 다짐으로 공부를 열심히 하기 시작하면서 가족 여행을 갈 수 없었습니다. 그러다 보니 작은아이는 신나게 놀아야 마땅할 시기에 놀기가 어려운 상황에 부딪히게 됐습니다.

박물관, 과학관, 미술관에 많이 다녔지만 아이는 수동적으로 받아들이는 것보다는 능동적으로 체험하는 것을 좋아하곤 했습니다. 딸기 농장, 식물원도 다니다가 어느 날 식충 식물원에 가게 된 걸 계기로 식물 키우기에 관심을 가지게 됐습니다. 하교 뒤 집에 돌아오면 아이는 자신이 키우는 식물 앞에 서서 한동안 물끄러미 바라보곤 했습니다. 옆에서 같이 지켜보기에 식물 키우기는 생각보다 쉽지 않았습니다. 식물을 키우는 것인지 죽이는 것인지 혼동될 정도였습니다.

무엇보다 식물마다 원하는 환경이 달랐습니다. 식물의 마음을 읽으려고 애쓰면서 식물의 모습과 닮은, 나와 사람들의 관계가 떠올랐습니다. 그렇게 식물을 통해 인간관계를 비춰보게 됐습니다. 이제는 길 가다가도 꽃과 나무를 보면 지나치지 않게 됩니다. 하나의 이야기가 그 안에 들어 있다는 생각이 들곤 합니다.

강렬하게 피어난 포인세티아에 자신의 약점을 극복한 수기가 담겨 있었습니다.
강인하게 피어난 솜다리 꽃에 열악한 환경을 받아들인 인내가 고여 있었습니다.
가냘프게 피어난 맥문동에 부족한 조건을 메워준 지혜가 녹아 있었습니다.

식물마다 다른 삶의 방식을 택하고 있었습니다. 주어진 조건과 환경에 불평하지 않고 나름의 길을 택해 묵묵히 나아가는 식물을 보며 인생의 해답을 발견할 수 있었습니다.

꽃과 나무는 하나의 정답을 따르지 않습니다. 묵묵히 그 자리에 서서 자신의 답을 만들어 갑니다. 자신만의 답으로 생을 헤쳐 나갑니다. 말로 가르치지 않고 직접 살아내는 식물을 보며 깊은 울림을 받았습니다. 제 인생에서 가장 와닿은 조언이었습니다.

각자의 답으로 자라는 식물의 길을 따라가고 싶어졌습니다. 꽃과 나무가 길을 열어줬습니다. 꽃과 나무가 살아가는 모습에서 관계의 새로운 길을 찾아 나섰습니다.

식물을 보며 얻은 내적 갈등의 해답을 이 책에 담았습니다. 이 책을 읽는 분들에게도 위로와 용기가 되었으면 좋겠습니다.

김지연

season 1

오늘은 이 정도 선에서만

season 2

볕이 잘 드는 양지바른 곳에서

season 3

적당한 거리, 적당한 관계

오늘은
이 정도 선에서만

창문을 열어주세요.

바람에 흔들리게요

라벤더 Lavender

통화식물목 꿀풀과 라반돌라속에 속하
는 식물로, 향유를 체취하기 위해 재배
하거나 관상용으로 심는다.

고등학생 때, 친구들을 보면 화장실에 갈 때도 꼭 두 명씩 붙어 다니곤 했다. 그중 한 명이야 생리적 현상의 부름을 받은 것이겠지만 다른 한 명마저 그 부름을 동시에 받은 걸까? 친하니까 생리현상의 사이클도 같을 수 있다고? 설마...

아니나 다를까. 화장실에서 본 그들은 한 명은 거울을 보며 또 다른 한 명을 기다리고 있었다. 화장실에 들어갔던 친구가 나오자마자 밖에서 기다렸던 친구는 팔짱을 끼고 화장실을 나갔다.

쉬는 시간이 되면 내 친구도 나한테로 와서

"같이 화장실 안 갈래?"라고 묻곤 했다. 같이 가려면 갈 수 있었지만 난 굳이, "응, 아까 갔다 왔어."라고 거리를 두었다.

그게 무슨 대단한 의미가 있다고 그랬는지 지금 생각하면 내 태도가 우습다.

불면증이 있는 나는 라벤더, 캐모마일 차 등이 불면증에 좋다는 이야기를 듣고 허브티를 즐겨 마시곤 한다. 자기 전에 진하게 우린 캐모마일 한 잔은 확실히 숙면에 도움이 됐다.

어느 날 허브를 키우면서 그 잎을 우려 마시면 좋겠다는 생각이 들었다. 꽃시장에서 캐모마일은 구할 수 없었고 라벤더는 흔하게 볼 수 있었다. 한아름 안고 온 라벤더를 베란다에 놓고 호시탐탐 '잡아 마실' 생각에 사로잡혀 있었다.

그즈음 식물 키우기에 숙련된 때라 물도 겉흙을 만져보고 가늠하며 줬다.

햇볕도 적당했다. 그런데 비실비실 말라가더니 급기야 시골 폐가에 핀 거미줄처럼 죽어버렸다. 그 모습이 너무 비극적이라 그 이후에 허브류는 일체 사지 않았다.

한참 지난 뒤 친구 집들이에 초대받아 갔다. 워낙 살림을 잘하는 친구라 집안 곳곳을 둘러볼 때마다 감탄이 나왔다. 화장실 수건의 보송한 촉감, 부엌 천장 벽에 설치된 오픈 수납공간, 그곳에 빼곡한 각종 양념들, 차들을 보고 감탄했다. 마사 스튜어트가 봐도 사진을 찍어둘 것 같았다.

눈길이 마지막에 닿은 곳은 발코니. 발코니 가득 각종 허브가 향기롭게 자라고 있었다.

"아니, 어떻게 이렇게 잘 키웠어? 내 라벤더는 다 죽었는데. 그것도 너무 처참한 모습으로..."

"너. 라벤더 키울 때, 베란다 창문 안 열어놓은 거 아냐?"

"?"

"지난번 너네 집 갔을 때도 닫혀 있던데?"

"그게 왜?"

"허브는 환기가 제일 중요해. 환기시키면서 바람을 맞아줘야 애들은 잘 살아."

"오마낫... 물도 아니고 햇볕도 아니고 바람? 바람도 식물 키우기의 요소였단 말이야?"

그러고 보면 난 거실 쪽 창문보다는 부엌 쪽 창문을 더 자주 열고 환기시킨다. 부엌 쪽 창문은 아파트 정원이 있는 쪽이라 열면 공기가 좋아지는 반면, 거실 쪽 창문을 열면 도로 위 차에서 올라오는 공해가 있을 것 같아서였다.

"그거였구나.... 바람... 바람을 맞고 싶었구나. 결국 라벤더가 병사가 아닌 질식사로 떠났단 말인가?"

우리 집에 속해 있지만 바깥바람과도 놀고 싶었던 거구나. 내 집에 들어온 '내 식물'이라고 창문을 닫아놓고 '넌 우리 집 공기만 마셔'라고 한 내 행동은 지극히 이기적이었다. 라벤더는 우리 집 공기 이외에도 바깥공기도 마시고 싶고 바깥바람에 산들산들 춤도 추고 싶었던 것이다.

내 인생의 집에서 나에게 닫힌 창문은 무엇이었으며, 언제 문이 닫혔다가 언제 열렸었나?

생각해보면 가족과 갈등이 있을 때는 창문이 닫혀 있을 때였다. 남편과 결혼 뒤 아이 낳고 직장 다니며 이 집안의 주요 구성원이었지만 여전히 나는 나일 뿐이었는데 '나' 자체보다는 '부부'로 살아갈 일이 더 많았다.

부부라는 공동체로 의견 일치를 봐야만 하는 순간들은 밀려왔다. 거주지 선택, 자녀 계획에서 '합의'라는 결론에 이르기 위해 반대 의사를 동의로 굽혀야 할 일이 많았다. 하나가 아닌 둘인데 하나로 합쳐져야 하는 지나친 결속감에 거부감이 들었다.

내 편이고 네 편이지. 네가 내가 아니고. 내가 네가 아닌데, 화장실을 같이 가는 여고생처럼 그렇게 움직였다. 내가 이상하다고 여겼던 모습이 내 모습이 되어 있었다. 이래서 섣부르게 판단하면 안되는 모양이다.

내가 너로 옮겨가 뭉쳐진 데 대한 억울함. 표면적인 동의안에 구겨져 들어간 나의 반대 의사는 늘 남편에 대한 기대감과 보상심리를 높여놨고 제대로 된 심적 보상을 받지 못한 나는 조금씩 삐뚤어져 갔다. 창문이 닫힌 베란다에서 시름시름 앓으며 시들어가는 라벤더 같았다.

내게도 가족과의 공동체 역할 이외에 환기가 필요했던 것이다. 우리 가족 안에서 서로 마시는 공기 말고 다른 공기가 필요했다. 친구들이 보통 30년 이상 된 친구여서 그런지, 친구를 만나도 친구와의 또 다른 결속감이 생겨서 환기 작용이 되지 않았다. 게다가 서로를 너무 잘 아는 친구와는 대화의 소재도 고정돼 있었다. 친한 친구와의 만남은 '환기'라기보다 '복습'이었다.

결혼 뒤에 직장을 십 년 넘게 다녔지만 일은 생계를 위한 수단일 때가 많았다. 일을 즐기며 해왔다고 자부하는 나지만. 내게도 직장은 즐거움을 주는 곳이라기보다 사회의 일원으로서, 집안의 부가장으로서, 생계를 책임지고 노후를 마련해 주는 곳이란 의미가 컸다.

직장인이라는 나의 역할은 '나'에 충실하기보다, 또 '다른 나'를 유지하기 위해 지탱해주는 '도구'일 때가 많았다. 그런 점에서 직업은 내게 '환기'를 제공하는 데 부족했다. 그렇게 채워지지 않는 환기에 대한 갈증이 있었다. 발코니에 나가 창문을 열고 바람을 쐬고 싶었다.

작은아이가 초등학생 때 차로 학원에 데려다주며 즐겨 듣는 라디오 방송이 있었다. 좋아하는 가수가 진행하는 것도 좋았고, 매주 화요일마다 정신과 의사가 고정으로 나와서 상담하는 코너도 흥미로웠다. 운전을 하면서도 최대한 집중해서 듣곤 했다. 청취자가 여러 고민을 담은 사연을 보내면 정신과 의사는 그에 맞는 해답을 제시했다. 그 해답이 막힌 체증을 풀어주듯 시원했다.

하루는 내 나이 또래 중년 여성의 사연이 소개됐다. 사연 속 여성은 늘 갑갑하고 인생이 허무하다고 했다. 또한 자신이 소비되었다는 느낌을 지울 수 없다고 했다. 그 사연을 들은 정신과 의사는 취미 활동을 권장했다. 자신도 의사 생활하면서 그런 기분이 들어서 밴드 활동을 하면서 극복했다고 덧붙였다. 그 이야기를 듣고 곰곰이 생각해봤다. 내 인생에 스쳐 지나갔던 수많은 취미 활동들. 그 당시 내가 행복했던 기억이 떠올랐다.

되돌아보면 취미 활동이 내게는 유일한 바람이었다. 관계의 건강함도, 내 마음의 맑음도 유지할 수 있었던 때는 취미 생활에 몰입할 때였다. 때로는 지나고 나서야 그 의미를 느낄 수 있는 것 같다.

우리 가족 안에서
서로 마시는 공기 말고 다른 공기가
필요했다.

20대부터 지금까지 내가 한 취미 활동은 작곡 수업, 유화 그리기, 요가, 발레, 식물 키우기, 드럼 등이 있다. 직장 생활할 때는 저녁 시간을 이용해서, 직장을 관두고는 낮 시간을 이용해서 간혹, 이따금씩 이어갔다.

취미 활동은 직장 다니느라 아이 키우느라 여기저기 쓰인 '나'를 오롯이 '나'로 돌아갈 수 있게 해 줬다. 내 기분만을 위해 이 시간을 투자하고 있다는 생각은 소모된 나를 빼곡히 채워줬다. 물론 여러 제한으로 오래 유지하지는 못했다(아마 오래 유지했다면 이런 글을 쓰지 않아도 될 정도로 마음이 안정돼 있을 텐데...)

작곡 수업을 들으면서는 초등학생 때 체르니 50번까지 마스터한 내 실력이 완전 가짜였음이 드러났고(난 악보를 보지 않고 대부분 외워서 쳤었다), 유화를 그리면서는 그림에 몰입하기보다 '지금 이 순간 나는 팔이 아프구나. 빨리 집에 가서 쉬고 싶다'는 생각에 빠졌고, 발레를 하면서 저 발레 선생님의 체형을 닮아가기 위해서는 휴대전화는 '통화'의 용도로만 쓰는, 극도의 자제력이 필요하다는 것을 배웠다(거북목의 일등공신 휴대전화 웹서핑).

드럼을 치면서 스트레스를 풀겠다던 내 욕망은, 드럼을 스트레스를 풀 수 있을 정도로 잘 치려면 더 스트레스가 쌓이는 과정을 거쳐야 한다는 것을 알게 해 줬다.

그럼에도 불구하고 취미 생활은, 반대 의사를 접고 동의를 눌렀던 '나'에 대한 애틋함을 많이 덜어주었다. 새롭게 만난 낯선 사람들이 주는 신선함도 한몫했다. 그들은 나를 나에 대한 정보로 예측하지 않고, 분석하지 않으면서, 판단 없이 그대로 쳐다봤다. 낯선 여행지에 왔을 때, 오히려 편안한 마음이 드는 기분이었다.

나의 일상을 자로 재며 생산성을 따지지 않아도 됐다. 나에게 의무의 완성도를 묻지도 않았다. 신선한 바람이었다. 내 집 안의 공기만 마시던 나를 끄집어내서 창문이 열린 발코니 앞으로 데려다줬다. 발코니로 들어온 공기는 유독 달았다(물론 남편의 취미 생활도 적극 후원, 지지하고 있다).

이런 시간의 축적은 노후 대비의 일환이기도 하다.

할머니가 된 뒤 아들이 전화 와서

"엄마, 이번 주말에 찾아뵈려고 하는데...."

말이 떨어지기가 무섭게 "응, 엄마 바빠. 다음에 와, 오늘 요가 갈 거야." 이런 할머니가 되고 싶다.

오늘도 난 창문을 열고 환기를 시킨다. 바람으로 생기를 찾기 위해.

내 마음은 몇 평일까요?

나팔꽃 Pharbitis nil

인도가 원산지인 통화식물목 메꽃과의
덩굴식물이다.

평소 인터넷 카페에서 '관계'에 관한 글들을 읽으면서 글쓴
이에 몰입을 하곤 한다.

　'에고, 속상했겠다. 친구하고 절연했으니..'

　'이런, 연락해도 안 받는 친구라니... 그런 친구하고 인연을
끊기 잘했어요.'

　이렇게 혼잣말하며 글을 읽어 내려갔다.

　난 피해자 편에 서서 위로와 공감만 나누면 된다고 생각했
다. 그날 오후쯤 집안을 정리하고 손을 씻는데, 갑자기 뒷목이
서늘하다. 고장 난 듯 버벅거리는 장면이 눈에 스친다. 소파에
앉아 생각을 파고들었다.

　내가 가해자였다니!

　마흔 초반 즈음 이 사람을 만나도 시큰둥, 저 사람을 만나도

시무룩하던 때가 있었다. 어차피 만나봐야 서로 진정한 공감도 나눌 수 없다고 결론짓고 관계에 회의적이던 시절, 톡에 뜨는 빨간불이 반갑지 않던 시절이다.

그날도 어김없이 카톡에 빨간 불이 한번 뜨더니 그 숫자가 점점 늘어나고 있었다. 톡을 누르지 않고 화면을 스윽 보니 네 명이 모이는 친구 모임에서 약속 잡는 톡이었다. 뭐라고 핑계 대고 한 번은 거르고 싶었다. 30년 가까이 된 친구니까 그래도 될 것 같았다. 단지 서로의 속사정을 다 알기 때문에 딱히 핑곗거리를 찾기 어려웠다. 그럼에도 이번에 나가기 싫어 여러 궁리를 해봤다.

'아프다고 해? 안 아프잖아. 그러다 진짜 아프면 어떡하려고?'

'바쁘다고 해? 너 바쁜 일 없는 거 네 친구들 다 알아.'

'집안에 사정? 뭐라고 할 건데? 괜히 말 지어냈다 나중에 들통나면 얼마나 우스운데.'

결국은 한참 뒤 톡을 읽고, 그 사이 정해진 시간, 장소로 나가겠다고 'ㅇㅋ'만 찍어 보냈다. 만나기 싫은 사람을 만나야 하는 아침은 머리가 둔탁하다. 미간에 세로줄이 생기고 왠지 아픈 것 같기도 하고 아파야 할 것 같기도 하다. 결국 찌뿌둥한 표정으로 나가 심통 맞게 앉아 있었다.

3년 전부터 거슬리기 시작한 친구의 말투가 쌓이고 쌓였던 참이었다. 전에는 안 그랬던 것 같은데 나이 들수록 추측과 단정을 오가며 자신만의 드라마를 쓰는 친구. 그 친구한테는 무슨 말을 해도 내용이 각색되곤 했다. 아니나 다를까. 그날도 한마디 던진다.

"넌 왜 이리 기분이 안 좋아? 왜? 큰애 성적 떨어졌나 보구나? 괜찮아. 잘하던 애니까 어느 대학이든 가겠지 뭐. 요즘 재수도 많이들 하잖아? 대학 까짓 거 또 못 가면 어떠냐? 넌 왜 만날 그런 거 가지고 울상이야? 인생이 그게 다가 아니야."

'햐..' 그때 한마디 했어야 했는데 수돗물에 담가놓은 조개처럼 내 입이 떨어질 생각을 안 했다(소금! 소금!). 늘 말하지만 난 착해서가 아니라 순발력 부족으로 멍하고 입을 닫고 나왔다. 뇌가 손가락 끝에 달려 있다던 어느 작가의 말처럼, 나는 글로 쓸 때보다 말로 할 때 훨씬 더 버퍼링이 오래 걸리는 타입일 뿐이다.

그 버퍼링이 풀리고 LTE급 인터넷이 터지기 시작하는 건 꼭 집에 돌아와 소파에 앉았을 때부터다.

'으악..... 그때 한마디 쏘아붙였어야지. 이 바보야.'

'우리 애 성적은 안 떨어졌고 니 말투가 정말 참기 어렵다고!'

일상이 늘 비관적 추측에서 확대로 이어가다 마지막에 가서 쏘 쿨하게 결론짓는 친구와 이야기하다 보면 난 기운이 쭉 빠져버리곤 했다. 걱정을 위장한 저주 같은, 묘하게 경계선을 넘나드는 친구의 화법이 거슬린 지 오래였다. 그리고 그 불쾌함은 꽤 오래 스며들었다. 결국 그날 이후로 난 그 친구와의 모임을 피했다. 핑계를 돌려 막기로 대며 최대한 모임을 미루고 미루다 결국 우린 멀어졌다.

지금까지는 내가 친구한테 섭섭했던 것만 생각하고 내가 피해자라고 여겼다. 그러다 최근에서야 깨달았다. 친구는 자신이 한 말은 잊고, 내가 연락을 미루며 만남을 지연시켜서 인연이 끊겼다고 생각할 것이라고. 다시 생각해봐도 표면적으로 이 상황을 정리해보면 관계를 끊은 것은 분명 내 쪽이었다. 그깟 몇 마디 그냥 넘겨주지 못하고 관계를 끊은 건 나다. 결국 나는 가해자였다.

나팔꽃은 나팔 모양으로 7~8월에 피는데, 아침 일찍 피었다가 점심 때가 지나면 서서히 오므라든다. 줄기는 왼쪽으로 감아 올라가는 덩굴의 성질이 있으며, 2m 이상이나 길게 뻗는다. 나팔꽃의 줄기에는 잔털이 있어서 받침대를 감아 올라갈 때 미끄러지지 않게 되어 있다. 약한 줄기는 다른 물체를 휘감고 자라는 속성이 있다.

— 다음 백과

나팔꽃은 흔히 자동차 도로 위 화단에 많이 피어 있다. 너무 흔하게 볼 수 있어서 오히려 주목받지 못하는 꽃 중 하나다. 나팔꽃에 대한 글을 읽으면서 나팔꽃의 자기 관리 능력에 감탄했다.

7, 8월 한여름에 피는 나팔꽃이 아침 일찍 피었다가 뜨거운 한낮에 꽃잎을 스스로 오므린다는 사실은 너무나 신선했다. 나팔꽃은 한여름 한낮에 꽃잎을 계속 피고 있다가는 견딜 수 없다는 것을 아는 것이다. 나팔꽃은 정확히 자신이 감당할 수 있는 시간을 정해 그 시간이 지나면 꽃잎을 오므린다. 비록 피어 있는 시간은 짧지만 자신이 필 때와 질 때를 정확히 인지하는 것이다.

어렸을 때부터 학교에서 학생의 몸과 마음속 깊이 심어놓은 '노력'과 '성실'에 대한 찬양. 별책부록으로 딸려 나오는 인내의 아름다움에 깊이 세뇌된 나였다. 그 노력, 성실, 인내에는 '인생의 최대 덕목이라는 왕관'이 씌워 있었다. 쉬고 있으면 뭔가 찜찜한 기분을 불러일으키는 것, 웬만하면 참고 넘어가려는 것도 그 세뇌 작용의 여파였다.

노력과 성실. 인내만 있으면 뭐든 할 수 있다는 말을 믿고 쉼 없이 돌아가던 지난날이 생각났다. 내 능력 이상의 여러 가지 역할과 의무가 휘몰아치던 때를 노력, 성실 그리고 인내를 잡고 버티며 지나왔다. 그리고 난 번아웃 상태를 겪게 됐다.

사람에게 '지친다는 것'만큼 무서운 건 없다. 어쩌면 지친다는 것은 나 자신을 내 목표의 도구로 삼았기 때문일 수도 있다. 내 경우엔 지칠 정도로 몰아붙일 때는 '내가 먼저인지, 내 목표가 먼저인지'에서 늘 목표가 앞서 나갈 때였다. 그렇게 달리고 나면 나는 조금씩 나 자신이 닳아 없어진 느낌이었다.

관계의 번아웃도 마찬가지다. 관계에 있어서도 나보다 '타인에게 보이는 나'를 더 의식했을 때 관계의 번아웃이 왔다. 내가 친구와의 관계를 끊은 것도 나보다 '친구가 보는 나'에 더 매몰돼 너무 오랫동안 참았기 때문이었다.

내 마음의 평수는 5평인데 난 멋있어 보이려고 51평짜리 아파트인 척하고 살았다. 그 결과 5평 아파트와 51평의 아파트 차액만큼 인내심을 대출받아야 했고 인내심 대출을 받다 받다 파산해버렸던 것이다.

때로는 친구한테 '아까 그 말을 듣고 맘이 좀 안 좋네' '응? 난 그런 뜻으로 말한 게 아니었는데? 잘못 안 것 같아' '다음부터는 그렇게 말하지 않았으면 좋겠어'라고 했어야 했다. 그렇게 내 인내심을 재충전하면서 나를 보호했어야 했다. 나를 보호했다면 관계의 번아웃도 예방할 수 있었을 것이다.

식물은 연약하다. 그럼에도 끊임없이 자신을 지키기 위해 노력한다. 자신만의 생체시계를 만들어 가장 최적화된 환경에서 자신이 살아가게 한다. 자신을 사랑하는 마음을 생활화하는 것이다. 이렇게 자신을 보호하며 살아내는 식물을 보고 나 자신을 반성한다.

그동안 '보이는 나'와 '나의 목표' '역할 내의 나'에 갇혀, 인내심을 대출해 쓰고 살았다. 그 결과는 결국 나에게도 상대방에게도 좋지 않았다. 내 인내심의 생체시계를 만드는 것, 살아가면서 필요한 과정인 듯하다.

제 마음을 읽을

번거로움을 덜어드릴게요

스파티필름 Spathiphyllum

천남성목 천남성과로 열대 아메리카
와 동남아시아에서 대략 30여 종이 자
란다.

모처럼 일정 없는 주말 아침, 남편이 물었다.

"어디 나갔다 오자. 가고 싶은 데 있어?"

"아무 데나"

"그럼 극장 갈까?"

"요즘 볼 만한 영화 없지 않아?"

"그래? 그러면 산정호수 가서 바람 쐬고 올까?"

"아... 지금 주말인데 차가 밀리지 않겠어? 그냥 가깝고 편한 곳 없을까?"

"그래, 그게 어딘데?"

"아무 데나"

'아무'를 습관처럼 말하던 때가 잠시 있었다(원래는 자기주장이 강한 편이다).

유사품으로 '아무거나 먹어' '선물은 아무거나 좋아' '아무 때나 보자' 등이 있다.

'아무'에는 두 가지 버전이 있다.

다수가 의견을 하나로 수렴하려고 할 때,

빠른 결정으로 시간을 아끼기 위해 기권표를 내는 아무거나, 아무 데나, 아무 때나.

또 하나는, '나도 내가 어디, 무엇을 원하는지 모르겠으니 네가 한번 맞춰봐'의 아무 데나, 아무거나.

이 '아무'의 의미는 '애니띵'이 아니라 '썸띵 스페셜'을 기대하고 있는 경우가 많다. 지금 내겐 딱히 끌리는 게 없으니 네가 한번 내 마음을 맞춰봐. 요리의 대가들이 자주 쓰는 말인 양념은 '적당히' 넣으란 말만큼 가늠하기 어려운 말이다.

처음 대화의 아무 데나는 후자의 아무 데나다.

한때, 장기간 피로가 극에 달해서 생각을 멈추고 살던 때가 있었다. 나 말고 신경 써야 할 사람이 너무 많아서 나에 대해 생각할 시간이 없었다.

직장에, 아이 둘에, 편찮으신 양가 어르신...

내가 무엇을 좋아하는지, 무엇을 하고 싶은지, 생각하는 것을 당연히 잠시 접어 두어야 했던 때. 내가 무엇을 싫어하는지는 직접적인 거부반응으로 알 수 있지만 내가 무엇을 좋아하는지는 탐구와 관찰이 필요한데 그 당시엔 그럴 여력이 없었다.

그래서일까?

'나'라는 인간을 내가 좋아하는 것들로, 안에서부터 밖으로, 면을 채워가지 않고 내가 싫어하는 것들로, 밖에서부터 선을 그어 규정하고 있었다.

저렇게 아무 데나를 남편한테 던지고 나면 그때부터 스무고
개는 시작됐다.

스무고개를 넘듯이 넘어 겨우 썸띵 스페셜에 맞는 아무 데
나를 찾았다. 이제 그 아무를 먹거나 가거나 하지만 성공할 확
률은 많지 않다. 애초에 내가 뭘 원하는지는 내가 찾아야 하기
때문이다.

집에 돌아오는 길, 차 안 공기는 퉁명스러웠고 운전하는데
수 시간 쓴 남편은 남편대로 불만이 생겼다.

"전에는 안 그러더니 요즘 왜 그래?"

"아, 몰라."

3년 전 어느 날, 하교 뒤 집에 들어온 작은아이는 화분을 하
나 안고 왔다.

아이는 집안에 있는 수많은 화분을 뒤로하고 생전 처음 화
분을 선물 받은 것처럼 흥분해서 말했다.

"엄마, 오늘 가입한 텃밭 가꾸기 동아리에서 받은 화분인데
요. 이 식물은 물을 안 주면 잎새를 축 떨군대요. 그래서 그걸 보

고 물을 주면 된다네요. 그러니까 그전까지는 절대 물 주시면 안 돼요."

스윽 보니 내 취향의 식물이 아니었다. 잎 색깔도 딱 사전에 나와 있는 초록 이상도 이하도 아니었고 잎에서 나는 번들거리는 광택도 거슬렸다. 아이의 말을 듣는 둥 마는 둥 "그래" 하고 흘려들었다. 내 머릿속에는 동아리 선택에 대한 아쉬움만 남아 있었다. 몇 년째 식물 농원과 꽃시장 가는 게 취미인 아이는 초등학교 고학년 때부터 중학교 때까지 '텃밭 가꾸기' 동아리로 일관되게 선택했다.

일주일쯤 지났을까?

아침에 피곤한 몸을 이끌고 카페인 공급이 절실해서 거실로 나와 소파를 지나치는데 뭔가 이상한 낌새가 있었다.

축 처진 잎사귀로 '목마릅니다'라고 표현하고 있는 스파티필름. 고개를 돌리니 어제 낮까지 탱탱하게 솟아 있던 스파티필름 잎사귀가 축 처져 있었다.

"어머"

나도 모르게 소리가 나왔다.

정말 말을 하고 있는 것 같았다.

"목마릅니다."

눈으로 말을 듣는 것 같았다.

물이 필요한 때를 정확히 콕 찍어 말해주고 있었다.

'아무 때나'가 아닌 '지금'이라고.

냉큼 화장실로 들어가 물조리개에 물을 담아 쳤다.

그 말의 흡수력이 좋았던 것은 명령형으로 '물 줘요'라고 하지 않고 부드럽게 '나' 전달법(I-message)으로 '지금 저는 목마릅니다'라고 말했기 때문이다.

식물 키우기를 오래 했다고 그것에 대해 글을 쓰고 있지만 사실 '식물 키우기'라기보다 '죽이기'라고 할 수 있을 정도로 많은 식물을 떠나보냈다. 도중에 식물 키우기를 포기하려고도 했다. 더 이상 식물 키우기를 실패하다가는 난 죽어서 좋은 곳으로 못 갈 것 같았다. 식물 키우기에서 제일 어려운 것은 물 주는 타이밍이었다. 물을 흠뻑 주고 나서 흙이 다 마르기 전에 또 물을 준 경우가 실패의 꽤 많은 부분을 차지했다.

식물의 상태를 관찰하고 마음을 읽어보려고 했지만 나로서는 쉽지 않았다.

괜찮은 것 같았는데 어느 날 보면 잎 끝자락이 누렇게 변해 있었다. 그 후로는 아무리 좋은 영양제를 사다 꽂아줘도 소용없었다. 일단 병이 생긴 뒤에는 시름시름 앓다가 떠나는 식물이 많았다. 어떤 꽃 화분은 아픈 줄도 몰랐는데 하루 사이에 폭삭 시들어 죽은 것도 있었다.

그러다가 만난 스파티필름은 내게 신세계였다. 자신의 마음을 보여주는 식물, 말을 볼 수 있게 하는 식물이기 때문에 처음으로 식물과 직접적인 소통을 하는 느낌을 받았다. 4년이 지난 지금까지 거실 한구석에서 잘 자라고 있다.

남편과의 주말 시간. '내 마음을 읽어봐' 하고 나도 모르는 마음을 남편한테 읽으라고 떠넘기기 전에 내가 좀 더 내 마음을 신경 쓰고 알아봤다면 그 시간은 더 즐거웠을 것이다. 나도 모르는 내 마음을 상대방이 알아주기 바라는 것은 애초에 욕심이었다.

잘 모르겠던 내 마음만이 문제는 아니었다. 때로는 분명한 내 마음도 상대방과의 소통 실패의 경험이 쌓여 '말해봤자 뭐해'하며 꾹꾹 담아놓기도 한다.

그 쌓아놓은 마음은 다른 색을 입힌 말로 나온다.

"피곤해."

"아, 몰라."

"됐어."

그 말로는 상대방에게 제대로 된 메시지를 전달할 수 없다. 애초에 제대로 된 메시지가 담겨있지 않으니까.

사실 내 "피곤해"는 '난 지금 혼자만의 시간이 필요한 것 같아. 나 좀 내버려 둬'였고, "아, 몰라"는 '나도 내가 해야 하는 일인 것은 알아. 그런데 일이 너무 많아 힘들어. 힘든데 힘들다고 말할 수 없는 이 상황이 더 힘들어'였다. "됐어"는 '어차피 당신한테 말해봤자 내 마음을 이해하겠어? 그냥 투정 부린다고 생각하겠지? 말하는 시간과 노력이 아깝다'였다.

짧은 말 한마디로 줄여 말했지만 그 말 안에 진정한 의미는 담겨 있지 않았다.

말하고자 하는 의미가 담겨 있지 않은 말로는 소통이 일어나지 않는다.

나는 책이 아니다. 나를 읽어주기 기대하는 건 무리일 수 있다.

자신의 마음 상태를 타인이 읽어주길 바라지 말고 내 마음 상태를 상대방에게 명확하게 전달하는 것. 그것부터 소통이 시작된다.

무례한 타인으로부터 자신을 보호한다는 것

장미 Rosa hybrida

장미목 장미과 장미속에 속하는 식물
로 관목성의 화목이다.

나는 한동안 화가 많이 쌓인 채로 살았다. 많은 것들이 불합리해 보였지만 아무것도 바꿀 수 없었다. 그 무기력함은 화로 쌓여갔다. 화는 나의 모습을 변형시켰다. 상냥하던 표정은 엄숙하게 굳어지고 목소리는 격양되곤 했다. 매력적이지 않다.

열정이 차오르는 사람은 매력 있지만 화가 끓어오르는 사람은 경계하게 된다. 표정 사진을 찍어 보면 알 수 있다. 어느 시절이 나의 불행기였는지... 화로 응집된 나날에 찍은 사진 속 억지 미소가 그리 어색할 수 없다.

반면 화로부터 자유로운 나날엔 가만히 있어도 얼굴에 생기가 흐른다. 무표정한 얼굴을 들여다보며 곰곰이 생각해 보니 나는 늘 투덜거리며 해야 할 것을 다 하고 있었다는 것을 깨달았다. 불합리하다고 화를 쌓아가면서도 결국은 그 불합리함을 유지하고 있는 건 나 자신이었던 것이다.

그뿐만 아니라 내가 할 것을 다 하기 때문에 편리함을 누리는 상대방은 나한테 고마워하기는커녕 나를 만날 화만 내는 사람으로 인식하고 있었다. 세상에 이런 밑지는 장사가 어디 있단 말인가? 다시 화가 난다.

게다가 타인에게 기분 나쁜 말을 들어도 쉽게 대응을 하지 못했다. 어려서부터 '조신해야 한다'는 교육을 받아서인지 논쟁을 일으키기보다는 기분 나빠도 참고 넘기는 편을 택하곤 했다.

기분이 상했으면 그 앞에서 직접 기분이 상했다고 '말'을 해야 하는데 아무 말을 못 했다. 그렇게 앞에선 말도 못 하고 뒤에선 속앓이하는 나날을 보내곤 했다.

큰아이가 고등학생, 작은아이가 초등학생이 되던 즈음부터 명절에 만나는 친척들은 "아들만 둘 낳는 건 목 메달이야! 딸을 낳아야지" "딸 없어서 노년에 얼마나 외로우려고 그래? 빨리 낳아" 하는 말을 하곤 했다.

마흔 살이 훌쩍 넘었는데 "왜 딸을 안 낳냐"는 말을 들어야 하다니. 내 가족계획을 대신 결정하는 것도 모자라 빨리? 그 당시엔 속만 부글거리다 집에 오면 더 속이 끓고 애먼 남편한테 짜증내는 악순환이 길어졌다. 급기야 명절 전날이 되면 그 친척을 볼 스트레스로 밤을 새우는 일이 일어났다.

어렸을 때 한적한 주택가에 살았다. 집골목 중간에는 방범초

소라는 작은 간이 건물이 있었고 그곳에는 밤마다 방범대원이 자리 잡고 있었다. 상가가 많은 곳과 달리 주택가는 밤이 깊어지면 각 집에서 나오는 불빛이 하나둘 꺼져갔다. 으슥한 느낌이었다. 그즈음 우리 동네에 있는 집 담벼락에는 꼭 장미가 심어 있었다.

담벼락을 타고 피어 있는 장미꽃은 보기에 아름다워 미화 담당을 하면서 동시에 방범 담당도 했던 것 같다. 혹시라도 도둑이 담벼락을 넘어오려면 장미 가시가 일차적 가해를 할 것이기 때문이다. '따끔한 맛 좀 봐라' 이렇게 말이다.

간혹 꽃병의 물을 갈아주려고 장미꽃을 꺼냈다가 다시 꽂을 때 장미 가시에 살짝 스칠 때가 있다. 따끔하다. '보기에는 뾰족해 보이지만 그래도 예쁜 장미 줄기에서 나는 건데 찔려봤자겠지'라고 생각하며 만지다가 화들짝 놀란 것이다.

장미의 가시는 생각보다 더 위력이 세다. 장미의 아름다운 자태에 방심했다가 당해서 그 아픔이 더 깊게 새겨지는 건지도 모른다.

장미 가시는 줄기의 표피세포가 변해서 끝이 날카로운 구조로 변한 것이라고 한다. 줄기의 표피세포가 변했다니 무슨 사연이 있었던 건지 알고 싶어졌다.

장미의 가시에 관한 여러 전설이 있다. 그중에서 페르시아의 전설은 다음과 같다. 옛날 연꽃이 화왕인 시절, 연꽃이 밤에 잠만 자고 다른 꽃들을 지켜주지 않자, 꽃들이 신에게 호소하였다. 그래서 신은 흰 장미를 만들어 가시를 무기로 주었다. 그런데 흰 장미의 아름다움에 끌린 나이팅게일이 흰 장미를 안으려다 그 가시에 찔려 죽어 그 피가 흰 장미를 적셔 붉은 장미가 태어났다고 한다.

— 다음 백과

결국 장미에게 가시는 무기였다. 자신을 꺾으려는 동물이나 사람들로부터 보호하기 위한 무기. 그런데 그 무기로 자신을 꺾으려는 사람뿐만 아니라 안으려는 사람도 찌른다는 그 사실에 마음이 아팠다.

⚘　　⚘　　⚘

아이를 학원에 데려다주며 라디오를 듣고 있었다. 라디오에서는 정신과 의사가 나와 사연에 해당하는 해결책을 제시해 주고 있었다. 사연이 나오는 라디오를 즐겨 듣지 않아서 다른 주파수를 맞추려는데 그날 사연의 주인공이 나와 상태가 비슷해 망설여졌다.

그 사연 주인공은 늘 화가 나서 이젠 더 이상 못 참겠다고 했다. 특이한 것은 그렇게 화가 난다고 하면서 남편한테도 아이들한테도 주위 사람한테도 늘 최선을 다하고 있었다. 흥미로웠다. 내가 사연을 보낸 적이 있었나? 싶을 정도로.

다행히 아이는 차 뒤에서 곤히 잠들었고 난 최대한 집중해서 들었다. 정신과 의사는 전혀 예상하지 못했던 해답을 내놓았다.

"너무 억울해하는 것보다는 차라리 좀 미안해하며 사는 게 나아요."

"...................................."

그렇다. 억울할 정도로 일을 떠안으면서 늘 분에 차 있는 것보다는 할 수 있는 만큼만 하고 억울해하지 않는 것. 기분 상하는 말을 들었을 때, 꾹 참는 것보다는 그 말을 듣고 이렇게 기분이 상했다고 말하는 것. 그게 지금까지의 내 상황을 가장 잘 해결할 방법이었다.

보통 화로 가득 찬 내 주위의 사람들을 보면 너무 잘 참는다는 공통점이 있다. 하기 싫어도 참고, 하지 않아야 할 일이라고 생각하면서도 참고 하고, 해야 할 말도 참고 만다. 그 결과는 화병이다. 7~80대 할머니들을 만나면 여전히 50년 전 해묵은 시집살이 이야기를 하며 한을 풀어놓는 걸 볼 수 있다.

너무 억울해하는 것보다는
차라리 좀 미안해하며 사는 게 나아요.

50년이 지나도 풀리지 않는 화. 이건 마치 우리가 화장실 변기에 화장실용 휴지를 넣고 내렸는데 막혀서 다시 보니 휴지가 아닌 비닐봉지였던 것과 마찬가지 아닐까. 화장실 변기에 용해돼 내려갈 수 있는 것과 절대 용해될 수 없는 걸 분별해야 하듯이 그냥 넘길 수 있는 '화'와 꼭 해결해야 할 '화'를 구별해야 한다.

비닐봉지인데 그걸 화장지인 줄 알고 변기 플러쉬를 내려버린다면 변기는 막힌다. 마찬가지로 해결해야 할 화를 그냥 마음에 담아두면 그 화는 가슴에 체증으로 남는다. 체증으로 쌓인 화는 뭉쳐 내 안에 가시가 된다. 부적절한 인내심으로 내 안에 화를 쌓아 가시를 만드는 것, 결국 인내심을 잘못 사용하는 것이다.

가시는 상대방을 사랑으로 포용하기보다 상대방으로부터 나를 방어하기 위한 것이다. 일단 가시가 생기고 나면 이젠 나도 가시 박힌 말로 타인에게 불쾌함을 주는 악순환이 일어날 수 있다. 내 안에 가시가 돋아나기 전에 생활태도와 방향을 바꾸어야 한다.

엘리자베스 퀴블러 로스의 《인생 수업》에서 읽었던 글이 생각났다. '자신의 땅에 다른 사람들이 지나다닌다면 가끔은 푯말을 세워 그 땅이 내 땅임을 알려야 한다'고 했다. 그렇지 않으면 내 땅이 공유지가 되어 버릴 것이라고. '자신의 존재를 알리는 경계선을 그어서 그들에게 나를 통제하지 못하게 하는 것 또한 자신의 책임'이라는 것이다.

그제야 난 결론을 내렸다. 기분 나쁜 말을 들으면,

"최소한의 반격이 불가피한 순간이 온다면 피하지 말자. 직접 맞서자."

반격에 가장 중요한 것 중 하나는 타이밍이다. 나중에 뒷북으로 조목조목 따지지 말고 그 자리에서 순발력 있게 한마디 툭 던지는 연습이 필요하다.

사실 난 워낙 순발력이 없어서 기분 나쁜 말을 들으면 그 순간 머리가 하얘지고 멍해지는 현상을 겪었어야 했다. 그리고 그 시간이 지나고 나서 집에 돌아와 소파에 앉는 순간 스멀스멀 울화가 치밀었다. 그리고 그 당시 정지했던 두뇌가 갑자기 광속으로 회전하며 갑자기 〈100분 토론〉에 나온 패널처럼 조목조목 반론을 펴 나가고 있다.

세상에나 나한테 이렇게 논리적으로 반론을 제기할 능력이 있었단 말인가? 시간차가 있는 게 문제지 내용적으로는 한 치의 모순도 없는 반론이었다. 자, 그럼 이 반론을 어떻게 해야 할까? 며칠이나 지난 뒤에 전화를 걸어 "저 그때 말이에요"라고 하면 십중팔구는 도대체 무슨 말이냐고 기억나지 않는다고 할 것이다. 정말로 기억이 나는지 안 나는지는 모르지만 일단 상대방이 저렇게 대응하면 더 이상 이야기를 전개시킬 수 없다.

그렇다면 그냥 꾹꾹 눌러 내 속만 공기압 팽창의 직전에 이르게 해야 할까?

순발력을 기르자. 그게 안되면 그 결전의 순간을 잠시 화면 정지할 문장 하나 외워 두자. "무슨 말씀이세요?"라고 상대방이 자신이 한 말을 되짚을 기회를 주는 것이다.

수시로 '멍'해지는 나로서는 이런 '문장'은 사실 고난도다. 가장 쉬운 건 "네?" 하고 짧게 순간을 정지시키는 것. 일단 주위를 주목시키고 한 타임 벌어놓는 건 의미가 있다. 최소한 상대방이 그 말을 했다는 사실을 인식시킬 수 있으니 말이다. 그렇게 순간 정지를 시켜 일단 이목을 집중시키고 난 뒤 순발력 없는 나 자신이 할 말을 생각할 시간을 벌자. 무엇보다 중요한 건 그때 말하는 것이다.

잊지 말 것. 공격에 필요한 건 타이밍이다.

일단 그 순간을 포착하는 게 중요하다.

이렇게 필요한 순간마다 반격을 하면서 불쾌함을 덜어내는 것. 적어도 화병으로 인한 가시는 만들지 않으려고 노력하는 것. 내 인생에 대한 존중의 첫걸음이다.

그건 아니죠.

내 말이 맞다니까요

라일락 Syringa vulgaris

유럽 원산의 낙엽 작은키나무로, 전국
적으로 식재되어 있다.

작은아이 초등학생 때 일이다. 이른 아침, 녹색 어머니 봉사활동을 하려고 서둘러 집을 나섰다. 1층으로 내려가려고 엘리베이터 버튼을 눌렀다. 그날따라 엘리베이터가 쉽게 내려오지 못하고 층마다 섰다가 내려오고 있었다. 조급한 마음에 '걸어 내려갈까?' 하고 뒤돌아서 계단을 쳐다봤지만 역시 무리였다.

잠시 뒤 우리 층에 선 엘리베이터가 열리고, 난 북적거리는 엘리베이터 안으로 구겨 들어갔다.

'윽'

육성으로 소리가 나올 뻔했지만 있는 힘을 다해 참았다. 엘리베이터 안, 일곱 명의 사람 중 누군가에게서 뿜어 나오는 진한 향수 냄새(이건 향기가 아닌 냄새였다). 이른 아침 피곤을 눌러주려고 들이부은 홍차가 역류하는 느낌이었다. 숨을 참고 숫자를 셌다. 하나... 둘... 셋... 난 몇을 셀 때까지 숨을 참을 수 있을까? 시험하고 있었다.

진한 향수 향은 자기주장이 강한 사람을 떠올리게 한다. 맡고 싶지 않은 향이 피할 수 없이 후각을 점령하듯이, 강한 자기

주장은 상대방의 기분을 침범하기 때문이다. 코끝을 찡그리게 할 만큼 자기주장이 강하던 내 지난날을 불러와 본다.

*   *   *

신혼 초 주기적으로 다투고 토라지던 시절 난 내 주장이 강한 편이었다. 나에 못지않게 자존심이 센 남편도 뒤로 물러나지 않았다.

우리는 늘 마주 보고 서 있었다.

북쪽을 보고 선 나와

남쪽을 보고 선 남편에게

각자의 오른쪽을 가리키라면 서로 반대 방향일 수밖에 없는데 그 방향이 일치하길 바랐던 것은 애초에 무리였다.

지난한 다툼 끝에 서로를 완벽하게 이해하지는 못해도 마주 본 상대편의 오른쪽은 나의 오른쪽과 반대 방향일 수 있다는 인식을 가지게 됐다.

'그래, 그럴 수도 있겠지'라는 첫 단계 합의점에는 이른 셈이다. 내 답안에 대한 확실성을 내려놓고 상대방 오답에 대한 불확실성을 열어두게 된 것이다. 꼭 짚고 넘어가야 할 논쟁은 이어나갔지만, 되도록 피해 가는 쟁점도 생겼다. 그럼에도 불구하고 둘이 한 방향으로 나아가야 할 때는 어느 쪽이 오른쪽인지를 두고 한참의 조정 시간이 필요하기는 했다.

주말 아침, 부지런한 남편이 또 나가자고 한다.

"저쪽, 거실 화장실은 아무래도 안되겠어. 이번 달 안으로 수리하자."

이 코로나 시국에 거실 화장실을 개조해야겠다고 한다. 이사온 지 오래돼 화장실이 낡긴 낡았다. 하지만 지금 때가 때이니만큼 꺼려지는 것도 사실이다.

예전의 나 같았으면 "무슨 수리? 그냥 놔둬"라고 했을 것이다. 그뿐인가? 내 주장을 강하게 밀어붙이려고 몇 마디 덧붙였을 것이다.

"아니, 무슨 화장실 공사? 당신은 그래서 안돼. 그렇게 배려심 없어서 되겠어? 시끄러워서 못해. 안돼."

왜 안되는지, 어떻게 의견을 조율할 수 있는지는 생략한 채, 그냥 반대의견인 결론만 남편한테 투척하곤 했다. 논리와 설득은 쓸모없는 포장지가 돼 쓰레기통에 버린 지 오래였다.

이런 결론을 투척 받은 남편은 내가 자신을 공격했다고 생각하고, 인정받지 못한다는 반감에 더 강하게 밀고 나가곤 했다.

"난 해야겠으니 그리 알아."

수십 년이 흐른 지금, 이제는 방향을 남편 쪽으로 약간 틀 수 있게 됐다. 남쪽을 보고 있는 남편의 반만큼, 서쪽으로 틀었다고 할까?

"응, 수리하고 싶은 마음은 알겠는데...(휴) 지금 말고 수능 끝나고 해. 지금 고1, 2 중간고사 기간이고, 그다음 달엔 고3 기말고사, 그다음 달에는 수능시험 전이라 공사하면 방해될 거야. 조금 참았으면 좋겠어."

추진력 강한 남편이 한 번 반기를 든다.

"아니, 몇 주일을 하는 것도 아니고 철거작업은 하루 이틀이면 된다는데 그게 왜 안돼?"

휴(잠시 심호흡을 하고), 좀 더 방향을 튼다. 이제 곧 마주 보던 남편과 나란히 설 기세다.

"알아. 빨리 하고 싶겠지. 근데 지금 다들 코로나로 온라인 수업 중이야. 소음이 심하면 소리가 안 들려. 당신도 중요한 시험 앞두고 윗집에서 공사하면 가만히 안 있었을 거 아냐(여기서 음성이 커지려다 애써 다시 누른다). 우리 윗 윗집 고3 수험생 있고 아래 아래 아랫집 고1 학생이야. 요즘 애들 불쌍해, 학교도 못가 친구도 못 사귀어. 집에서 눈 아프게 온라인 수업만 듣는데 거기에 소음까지 보태줄 수는 없어."

"....................."

조용해진 남편에게 좀 더 확실한 쐐기를 박으려고 소파에서 일어난다.

오늘은 이 정도 선에서만. 라일락 향기만큼만.

"대신 지금 가서 보고 모델은 정해놓자. 시공만 미루면 되잖아."

그렇게 주말마다 화장실 개조를 위한 인테리어 샵을 돌아다닌 지 몇 주째다. 방향을 트는 건 쉽기도 하고 어렵기도 하다.

자기주장만 강한 것은 상대방에겐 일종의 폭력이다. 특히 한 포대자루에 담겨 같은 방향으로 움직여야 하는 부부 사이에 내가 가고자 하는 방향만 고집하는 것은 상대방은 싫어도 참고 따르라는 말밖에 안된다.

밀폐된 공간인 엘리베이터 안 향수 공해처럼, 같은 포대자루에 담긴 부부 중 한 사람이 자기가 원하는 방향만 고집하는 주장도 폭력이다(애초에 한 포대자루에 담긴다는 것이 무리이긴 하지만 어쩌랴. 그렇게 하겠다고 서약을 했으니.....)

우리는 아주 오랜 기간 포대자루 안에서 자신이 가고 싶은 방향만 고집하며 다퉜다. 나도 남편도 서로 보이지 않는 폭력을 하고 산 셈이다. 타인의 영역까지 침해하는 강한 자기주장은 엘리베이터에 갇힌 사람에게 전해오는 진한 향수 향 같다. 피할 수 없는 상태에서 상대방을 뒤흔든다. 피하고 싶은 마음만 강해질 뿐이다.

어렸을 때, 내 방 앞에는 라일락 나무가 있었다. 뒤적거려 찾은 몇 안되는 유년 시절 기억 중 하나는, 라일락 나무에 꽃이 피면 나도 가슴이 피어오르듯이 벅찼다는 것이다. 꽃망울이 작은 꽃을 좋아하는 나는 라일락의 작은 꽃망울도 좋았고 은은한 향기도 좋았다. 그래서 발코니로 나가서 고개를 깊숙이 숙여 라일락 나무 향기를 맡다가 엄마한테 혼나곤 했다.

반면 마당에 가장 탐스럽게 피어 있던 목련은 라일락에 비해서 향기가 약했다. 그 탐스러운 꽃이 마당 가득 피었어도, 마당에 서서 눈을 감으면 존재를 알 수 없을 정도였다. 꽃마다 향기의 농도가 다르다는 것을 그때부터 알았다.

"난 질 때 예쁜 꽃이 좋아. 꽃이 피었을 때만큼이나 질 때 모습이 중요해."

"난 향기가 은은하게 번지는 꽃이 좋아. 꽃은 모양보다는 향기야."

입버릇처럼 말하고 다녔다. 그래서인지, 20대 초반부터 향수 고르는 데 공을 들였다. 나만의 향을 찾기 위해 이 향수 저 향수 모으고 시도해 봤다. 결국 하나로 정착해 수년을 사용했다. 그 후 중요한 시점마다 향수를 바꿨다. 내게 있어서 향기를 바꾼다는 것은 내 심신의 분위기를 바꾼다는 것과 비슷한 맥락이었던 것 같다. 다행히 지나친 향은 없는 것보다 낫다는 것은 알아서 약하게 뿌리고 다녔다.

보기 싫은 광경은 즉각적으로 눈꺼풀을 내려 그것으로부터 나를 보호할 수 있다. 맡기 싫은 냄새나 향기는 애써 숨을 참아봤자 한계가 있다. 그래서 광경 공해보다 향기(냄새) 공해가 좀 더 집요하고 폭력적이다.

'맑고 향기롭게'

내 인생의 좌우명이다. 향기가 향기로우려면 향기의 색만큼이나 그 농도의 정도가 중요하다. 사람과 사람이 같이 살아가려면 자신이 생각하는 올바른 지혜를 쌓아가는 것만큼이나 자신이 믿는 신념을 어느 정도의 강도로 펼치느냐도 중요하다.

아무리 만인의 동의를 받은, 검증된 '옳은 말'이라도 너무 세게 주장하면 그 말의 흡수력은 반감한다. 향기의 농도 조절만큼이나 주장의 강도 조절이 필요하다.

3, 40대 난 내 주장의 방향을 정하는 일에 공을 들였을 뿐, 그 주장을 펴나갈 때 강도 조절은 하지 못했다. 때로는 목소리를 높여 강하게 향기를 뿜어대 눈살을 찌푸리게 하기도 하고 때로는 거듭된 소통 실패로 마음을 닫고, 향기를 죽여 관계를 악

화시키기도 했다.

이제는 향수 원액을 뿌릴 때, 농도 조절만큼이나
내 주장을 펴기 전, 강도를 가늠해 보려고 한다.

오늘은 이 정도 선에서만.
라일락 향기만큼만.

공감이 '절대적'의무는 아니에요

행운목 Dracaena fragrans

아프리카 열대지역이 원산인 비짜루과
에 속하는 관엽 식물이다.

"아무리 그래도 그 말씀은 좀 아니지 않아?"

".........."

"그래? 안 그래? 내가 나이가 몇 살인데 아이를 낳아?"

"그냥 넘겨. 왜 그렇게 일일이 반응해? 그럴 때는 그냥 넘기는 거야."

명절에 큰집에 다녀오는 차 안, 어김없이 싸한 분위기가 감돈다.

나만 보면 잔소리를 하고 싶어 하는 친척 어르신은 그날도 어김없이 잔소리를 했고 난 또 그날도 그 앞에선 아무 말도 못했다. 아무 말도 못 했기 때문에 그 화는 점점 팽창해 차 안에서 터지기 직전이었다.

이런 소모전을 꽤나 이어가던 나날.

남편에게 '공감'을 '강요'하던 나는 필요한 공감을 보충받지 못해 갈증을 일으키며 '공감전'이라는 2차전을 치르곤 했다.

행운목이란 식물을 집에서 키운 적이 있다. 작은아이는 유리 단지 안, 찰랑찰랑 담긴 물속에 서 있는 행운목 모습에 흥미를 느꼈는지, 보고 나서 대번에 사겠다고 했다. 그리고는 집에 와 흥미를 잃고 방치해서 결국엔 내 차지가 됐다. 흙속에 심는 게 아니라 작은 받침대에 물을 담아 키우는 행운목은 생각보다 키우기 번거로웠다. 꽃가게 사장님이 오목한 접시에 물을 조금만 담아 주라고 했다(신선한 물을 주라는 설명이었는데 지금 보니 이 설명이 너무 과했다). 오목한 접시에 물을 담고 행운목을 담가놔도 이틀 지나면 물이 어디로 갔는지 다 사라지고 없었다.

청소하다가 한 번씩 본 행운목은 언제나 물을 다 빨아들여 갈증 나 보였다. 그날도 어김없이 물을 흡수해 바닥에 물이 말라 있었다.

"아, 참 번거롭네. 차라리 흙속에 사는 식물이 낫네. 왜 물에 담겨 자라지? 차라리 연꽃처럼 물에 퐁당 빠져 있든지. 날마다 너만 쳐다보고 있을 수도 없고... 너 은근 관심종자니?"

물을 깔고 자라는 행운목. 그 물을 사람 눈에 흐르는 눈물로 이어 보게 됐다. 수시로 살펴보며 (눈)물을 보충해줘야 하는 행운목의 지속적인 공감 요구는 공감을 하고 싶던 의욕마저 오히려 사라지게 했다. 그렇게 행운목에 대한 관심은 줄고 오히려 번거롭단 생각이 커졌다.

🌿   🌿   🌿

인터넷에는 여기저기 지역맘 카페가 있다. 아이 둘 키우면서 외식 장소, 놀이문화 등의 정보를 서로 공유하는 데는 지인 찬스보다 좀 더 광범위하고 실제적인 도움을 준다. 그런 맘 카페가 시끄러운 때는 국내 주요 인사의 도덕적 사회문제가 불거졌을 때다. 자신이 지지하는 주요 인물의 문제를 전폭 감싸려는 이와 그런 감싸기에 혐오를 느끼는 이들로 극명하게 갈린다.

발단은 인터넷 카페 내 한 회원이 '문제시되는 인물'에 대해 강한 주장을 담은 글을 올리는 데에서 비롯된다. 그리고 그 글에 공감하지 않는 회원은 그 글에 '이 의견에 공감할 수 없다'며 원글자 의견의 모순을 댓글로 주장한다. 원글자는 다시 그 댓글의 비합리성을 끌어온다. '(나는 그렇게 생각하지 않지만) 당신은 그렇게 생각하는군요'라고 상대방의 생각과 감정을 받아들이지 못하는 것이다.

이렇게 전개된 댓글과 그 댓글이 열 몇 개에 이르면 갑자기 흥분을 넘은 결례의 단어가 불쑥 튀어나오고 급기야 위기상황에 이른다. 이를 지켜보던 카페 내 지나가던 사람 1부터 100은 원글자 편과 댓글자 편으로 나뉘어 댓글을 달면서 사태는 확대된다. 게시글 하나에 수백 개의 댓글이 달리며 그동안 교양 있던 모습들을 잠시 벗고 혈전을 벌이기도 한다. 급기야는 두 파로 나뉘어 다른 둥지를 찾아 새 카페를 열기도 한다. 하나이던 맘 카페가 둘로 나뉘는 것이다.

사실 이런 일을 몇 차례 지켜보면서 그 양갈래의 의견이 하나로 매듭지어지리란 기대는 일찌감치 접게 됐다. 사람들은 이미 내 안의 답을 정해놓고 그에 맞는 합당한 근거를 찾아 나서기 때문이다.

예를 들면 문제시되는 인물의 생김새 중 '입모양'이 파장의 시작이라면, 한편에서는 그 인물의 '뒷모습'을 보고 계속 이야기를 이어가고 다른 한편에서는 같은 해당 인물의 '앞모습'을 보고 그 이야기를 되받아친다. 전자는 뒷모습을 제시해야 내 생각을 관철할 수 있기 때문이고, 후자는 앞모습을 보여줘야 그들의 생각을 공격할 수 있기 때문에 계속 앞모습만 들춘다.

토론의 대상은 같은 인물이지만 시각은 다르기 때문에 실제적으로 화제의 대상(앞모습 ↔ 뒷모습)도 달라진다. 서로 뒤집어 볼 생각조차 하지 않는다. 시간이 아무리 지나도 여전히 평행선일 뿐이다.

이 지난한 싸움은 어차피 끝이 없다. 이도 저도 아니게 멀뚱 멀뚱 잠잠해지기만을 기다리던 나는 어설프게 두 카페의 초대를 받고 양쪽 회원이 되기도 한다. 그냥 양쪽 회원이 돼서 왔다 갔다 하다 그마저도 흥미를 잃었다. 이런 모습을 오랜 기간 지켜보면서 '내 의견에 공감해주길 바란다는 것'에 대해 생각해봤다.

공감 능력의 중요성이 널리 알려진 요즘, 가족이 내 의견에 공감하지 않으면 나에 대한 '이해의 의무'를 저버린 배신자로까지 취급하고, 나아가서 상대방을 '공감 무능력자'로 비난하곤 했다. 그러나 모든 사람이 모든 의견에 다 공감하며 살 수는 없다. 공감 능력은 타인에 대한 이해를 넓혀주는 좋은 감정이고 약자를 이해함으로써 가해 행위를 막아주는 방패막이 되지만, 아무리 좋은 약이라도 모든 곳에 광범위하게 쓰일 수는 없다. 나아가 억지스러운 공감 강요는 의견을 하나로 쏠리게 할 수도 있다.

내 감정에 공감을 받지 못한다고 분노하거나, 상대방에게 공감을 하도록 설득하는 행위는 정당할까? 엄밀히 말하자면 나에게 공감할지 안 할지는 타인의 과제다. 살면서 나의 과제와 타인의 과제를 구별함으로써 낭비를 줄인 에너지 양이 어마어마하다. 게다가 내 감정에 공감을 받지 못한다고 분노하는 것은 공감이 안된다는 상대방 입장에 공감하지 않는 행위다.

내가 남편한테 내 감정을 공감하라고 강요한 것은 또 다른 지배 욕구에 불가했다. 감정적 지배 행위. 상대방의 영역을 침범해 상대방의 생각을 바꾸려는 것. 이것은 내가 극도로 싫어하는 정신적 지배 행위인데 나도 모르게 행하고 있었던 것이다. 마치 손톱을 물들이는 봉숭아꽃잎처럼. 그렇게 내 색상을 타인에게 물들이려고 했다. 이 지배 행위는 정당하지 않기 때문에 늘 갈등을 빚었다. 공감받기를 타인의 과제로 넘겼다면 편했을 텐데 말이다.

공감 능력은 수도꼭지를 틀면 나오는 수돗물이 아니다.

가슴에서부터 솟아오르는 눈물이다.

억지로 강요할 수도 없고 설득한다고 샘솟지도 않는다.

그즈음 여행 가기 전 물을 넉넉히 보충하지 못해 물을 좋아하는 행운목을 결국 말려 죽이는 만행을 저지르고 말았다.

그 뒤에 꽃시장에 가서는 "사장님, 키우기 수월한 식물은 뭔 가요?"라는 말을 꼭 덧붙이게 됐다. 그때 사장님의 권유로 눈에 들어온 화분이 아가베 아테누아타이다.

2~3주에 한 번만 (흙 상태를 보고) 물을 주면 되는 식물이다. 자체 잎과 줄기에 수분을 저장한다고 한다. 꼭 햇볕에 잘 드는 곳에 놓지 않아도 된다고 하니 이보다 기르기 편할 수 있는가?

물과 햇볕에서 자유로운 아가베 아테누아타를 보고 있으면 '독립적'이라는 생각이 든다. 자체 잎과 줄기에 수분을 저장해서 자주 물을 주지 않아도 된다니... 결국 자신의 생각에 확신이 있기 때문에 타인의 공감에 메이지 않는 걸로 보였다. 타인을 존중하는 것과 타인의 의견에 휘둘리는 것은 다른데 나는 나 자신의 의견에 확신이 없어서 타인에게 확인을 받으려고 한 것이다.

오늘도 난 아가베 아테누에타를 보며 생각한다. 내 안의 공감 능력은 키우되 타인에게 공감을 강요하지 않기로. 아가베 아테누아타처럼 2~3주에 한 번만 물을 줘도 꿋꿋이 살아갈 수 있는 '정신적 독립'을 하려고 한다.

상대방에게 공감해달라고 쓰는 에너지를 모아 내 언행의 설득력을 세우는 데 쓰려고 한다.

사회생활에는 민감성보다 둔감성

연꽃 Nelumbo nucifera

아시아 남부와 오스트레일리아 북부가
원산지로 여러 나라 사람들에게 친근
감을 준다. 진흙 속에서 자라면서도 청
결하고 고귀한 식물이다.

내 글을 읽어본 분들은 아시겠지만 난 민감, 까칠, 지질하다 (찌질이 더 와 닿는데... 쩝). 타인의 뾰족한 말을 받아들일 때는 민감, 까칠하며 그 말에 제대로 반응하지 못했을 때는 지질하기 그지없다. 기분 상하는 말을 민감하게 받아들였을 때 그 자리에서 쿨하게 되받아치면 1라운드로 끝날 것을 상대방의 의도를 감지할 때는 민감한데 그 말에 반격할 때는 둔감해서 늘 타이밍을 놓친다. 이미 지나간 타이밍을 붙잡고 앉아 있는 지질함이란.....

살면서 유난히 주변에 직언을 하는 사람이 많았던 것 같다. 오죽하면 '차라리 뒷담화 하는 게 낫다. 뒷담화는 나를 어려워라도 하는 거지. 앞에서 대놓고 기분 상하게 말하는 사람은 나를 무시하는 것 같아 더 싫어'라고 말하곤 했다. 되돌아보면 그렇게 민감, 까칠, 지질함의 3종 세트로 날려버린 내 인생의 시간들이 제일 안타깝다.

직장 다닐 때 친하게 지낸 동료 중 한 명은 상대방이 비난을 하면 바로 센스 있게 한 방을 날리곤 했다.

이른 아침 회의 시간. 그 동료는 자신이 한 일을 교묘하게 비난하는 선배한테 "어머, 이렇게 공개적으로 저를 디스 하시는 거예요?" 하며 직구를 날렸다.

변화구보다 강한 직구에 그 선배는 바로 고개를 숙이고 말을 더듬었다.

그 장면을 보고 내 일생의 결핍을 대리 보상받는 듯했다. 그날부터 그 동료는 내게 영웅이 되었다. 실제로 같이 다니면서 '순발력 체험학습'을 하기도 했지만 역시나 그 분야는 학습으로 극복 안되는 타고나는 것이란 결론을 내렸다.

나는 타고나길 순발력이 부족했다. 길에서 지인을 우연히 만나면 안면을 인식하는데 5, 4, 3, 2, 1, 0 '아, 안녕하세요' 하고 5초나 걸린다는 걸 깨닫고 그때부터 순발력은 포기했다. 순발력을 포기하고 나니 나는 공격력을 완벽하게 보강할 수 없다는 걸 인정해야 했다. 아무리 정교한 역공도 그 순간을 놓치면 '뒤끝'이 될 뿐이니까.

내게는 공격력 강화보다 수비력 강화가 시급했다. 수비력의 정점은 '들은 말 흘리기'다. '누가 뭐라고 하든지 말든지' '당신은 말하세요. 전 안 들어요' '그렇게 생각하세요? 계속 그러세요. 단, 저하고는 상관없어요' 이런 모드 장착이 필요했다.

몇 년 전 바람 쐬러 간 일산 호수 공원에는 연꽃이 피어 있었다. 연꽃을 보려고 연못가로 서둘러 걸어갔다. 거의 다 도착했을 즈음 놀라서 멈칫했다. 예상했던 것보다 호숫물이 너무 탁했기 때문이다. 물속을 들여다보기 어려울 정도로 불투명한 호숫물에 피어 있는 연꽃이 처량해 보였다.

연못에서 자라는 식물인데 논밭에다 재배하기도 한다. 뿌리가 옆으로 길게 뻗으며 원주형이고 마디가 많으며 가을철에 끝부분이 특히 굵어진다. 잎은 원형에 가까우며 백록색이고, 엽맥이 사방으로 퍼지며 지름 40㎝ 정도로서 물에 잘 젖지 않는다. 잎자루는 원주형이며 짧은 가시 같은 돌기가 있다.

꽃은 7, 8월에 피고 연한 홍색 또는 백색이며, 화경은 엽병처럼 가시가 있고 끝에 1개의 꽃이 달린다. 꽃받침은 녹색이며 일찍 떨어지고 꽃잎은 길이 도란형 둔두이며 화탁은 크고 해면질이며, 표면이 평탄하다. 열매는 타원형이며 먹을 수 있다. 오래 전부터 재배되어 왔다.

— 한국민족문화 대백과사전

자세히 들여다보니 연꽃에는 물방울이 맺혀 있었다. 그리고 어느 꽃보다도 더 맑게 빛나고 있었다. 알고 보니, 연꽃이 오염되지 않고 맑음을 유지할 수 있었던 것은 연꽃의 미세돌기 덕분이었다.

난 초민감형으로 타고났다. 흙탕물을 연잎처럼 굴러 떨어뜨리지 못하고, 있는 그대로 흡수해 버리는 민감형. 흡수된 흙탕물로 만날 기분이 진흙탕이 돼 있었다. 이제는 도저히 안되겠다 싶어서 내 안의 미세돌기를 찾아 나서기로 했다.

내 안의 미세돌기 바로 둔감력, 방어력이다.

언어학을 전공했지만 고등학생 때 내가 제일 잘했던 과목은 수학이다(그나마). 그런데 보통의 수학 문제는 개념을 읽고 유형 연습하면 문제가 잘 풀렸던 반면, 확률과 통계는 좀 달랐다. 개념을 읽어도 답안을 보기 전에는 스스로 풀기 어려웠다. 되도록 답안을 안 보고 수학 문제를 풀려고 했던 내게 확률과 통계는 난관이었다. 답지를 안 보고 풀어보겠다는 고집으로 시험 기간의 상당 부분을 그 단원에 쏟아버렸다. 그러는 동안 시험 기간이 2주 전으로 다가오고 있었다.

결국 더 이상 시간을 소모할 수 없었다. 확률과 통계 단원의 유형을 주사위, 동전 등 종류별로 나눠서 답지의 풀이 과정을 외워버렸다. 시험공부 황금시간대를 놓치지 않으려고 시험 2주 전에 방법을 바꿨기 때문에 시험을 무난히 치를 수 있었다. 만약 다른 수학 단원 공부할 때처럼 '이해'가 될 때까지 붙들고 있었다면 난 시험 전날까지 수학만 잡고 끙끙대다 다른 과목 공부도 못하고 시험을 연쇄적으로 다 망쳤을 것이다.

'손절매'라는 말이 있다. 주식시장에서 쓰는 용어이다(주식은 하지 않지만 일상에서 많이 읽었다). 앞으로 주가가 더욱 하락할 것이라 예상하고, 가지고 있는 주식을 매입 가격 이하로 손해를 감수하고 파는 것이 손절매라고.

수학에 있어서 확률과 통계는 내게 손절매 대상이었다. 노력으로 보상되는 다른 단원과 달리 사고력이 비상해야 풀 수 있는 확률과 통계는 애초에 내가 극복할 수 없는 단원이었다. 시간을 투여할수록 시간 대비 성과가 점점 마이너스에 이를 것이라는 예상이 든다면 그 순간 노력을 투여하는 것을 멈춰야 한다. 즉 빨리 손절매해야 더 이상의 손해는 막을 수 있는 것이다.

사람과의 관계도 마찬가지다. 손절매해야 하는 사람이 있다. 애초에 이해할 수 없는 사람을 이해하려고 애를 쓸수록 기분만 더 상할 뿐이었다. 이해는커녕 매번 내 기분을 상하게 하는 사람을 계속 되뇌며 나를 파괴하고 있었다. 그는 그저 손절매 대상일 뿐이었다. 이런 대상을 손절매하지 않아서 상한 마음이 가족에게까지 번지기도 했다. 표면적인 관계는 유지하되(이런 사람이 꼭 끊을 수 없는 관계인 경우가 많다). 그 사람의 말을 되뇌지 않는 훈련이 필요했다. 말이 쉽지 그게 되냐고? 맞다. 나도 못한다. 그래도 빨리 털어낼 방법을 찾고 싶었다.

데일 카네기의 《How to Stop Worrying & Start Living》에는 이런 대목이 나온다.

"No one ever kicks a dead dog."

죽은 개는 아무도 걷어차지 않는다. 타인이 자신을 비난할 때 되뇌면 효과 있는 말이다. 저자는 책에서 '중요한 사람일수록 그를 걷어차는 사람들은 더 만족하기 마련이다'라는 말을 덧붙인다. 누군가 나를 발로 걷어찬다면 나는 죽은 개가 아니라는 뜻이다. 저자는 '만일 비난하는 사람이 주변에 있다면 그 사람은 그럼으로써 자신이 중요해진다고 느끼기 때문이라는 사실을 잊지 말라'라고 강조한다.

또한 '자신보다 더 교양이 있거나 성공한 사람을 깎아내리는

데서 천박한 만족감(*savage satisfaction*)을 얻는 사람들이 적지 않다'고 한다. 이 글을 읽고 나니 갑자기 불쾌함이 우월감으로 변하기도 한다.

사람은 시기의 대상, 질투의 대상일 때 더 주목하고 헐뜯는 본성이 있다고 한다. 누군가 나를 비난한다면 '내가 이렇게 주목받을 만큼의 위치에 올랐나?' 하는 생각의 전환을 해보는 것도 괜찮다.

⁂

〈뉴욕의 가을(2000)〉이란 영화가 있었다. 내게는 영화 내용보다 그 영화에 나오는 뉴욕 가을 풍경이 더 인상적이었다. 평소에 쉽게 설득당하지 않다가 어느 한순간 확 꽂히곤 하는 나는 그 영화를 보고 '그래, 가을엔 뉴욕이야' 하고 준비 끝에 뉴욕으로 여행을 떠났다.

도착한 뒤 기대했던 뉴욕의 모습은 실망 그 자체였다. 길거리에 무방비로 노출된 쓰레기 봉지, 그 봉지에 골인하지 못한 채 나뒹구는 또 다른 쓰레기들. 그 쓰레기를 먹이 삼아 달려드는 거대한 비둘기들의 모습에 경악을 했다.

그 당시 병균을 잔뜩 내뿜고 다니는 비둘기는 내게 공포이

자 혐오 대상이었다. 비둘기가 푸드덕거리며 날아오를 때마다 세균이 내 머리 위에 후드득 떨어지는 것 같았다. 그런 공포는 경계심을 낳았다. 거리를 걷는 내내 비둘기만 응시했다. 쓰레기통을 뒤지던 비둘기가 언제 날아오를지 주시하느라 눈길은 비둘기에 고정돼 있곤 했다. 이틀 동안은 길거리에서 비둘기와 쓰레기 봉지만 보고 다닌 것 같다.

사흘째 되는 날, 그날도 내 시선은 비둘기의 향방을 쫓았다. 그러다가 정면으로 날아간 비둘기를 따라 고개를 들고 정면을 바라보았다. 그렇게 바라본 뉴욕 시내 광경에 나도 모르게 발걸음을 멈추었다. 내 시야에 생동감 넘치는 뉴욕의 모습이 펼쳐졌다. 샌드위치를 먹으며 바쁘게 걷는 사람들, 횡단보도 대기 중에도 신문을 힐끗거리며 보는 아저씨, 이층 버스 안 관광객들, 무엇보다 메마른 도시 감성을 순화시키는 가을 나무들.

이제 며칠 후엔 뉴욕을 떠나야 하는데... 나는 아름다운 풍경과 치열하게 살아가는 뉴욕 시민의 광경을 놓치고 쓰레기통과 쓰레기통을 뒤지는 비둘기만 눈과 마음에 담았던 것이다.

나 자신이 한심했다.
'그동안 내가 살아온 모습은 뉴욕에서 비둘기와 쓰레기 봉지만 보던 것과 같았구나.'
뉴욕 여행에서 멋진 풍경과 광경을 뒤로하고 혐오스러운 모습만 보며 되뇌는 나의 자세는 그동안 내 인생의 축약판 같았다.

왜 시선을 빨리 돌리지 못하고 불쾌한 모습으로 파고 들었던 걸까. 불쾌한 모습을 전체 광경의 '일부'로 수용하지 못했기 때문일 수 있다. 이는 내 여행은 완벽해야 한다는 오만한 생각에서 비롯된 것이었다. 단 하나의 티끌도 허용하지 않겠다는 오만함. 그와 마찬가지로 나를 비난하는 사람을 받아들이지 못했기 때문에 더 힘들었을 것이다. '그래요. 비난하고 싶으면 하세요' 하고 받아들이고 시선을 빨리 다른 곳으로 돌렸어야 했다.

나를 사랑하는 사람과의 소중한 일상이 아닌, 나를 불쾌하게 했던 사람과의 경험을 마음에 오래 담아 놓는 것은 내 인생의 낭비였다. 그 뒤로 기분 나쁜 일을 당하면 '뉴욕의 비둘기'에 집중하느라 놓쳤던 시간들을 떠올린다.

그리고는 곧바로 생각의 채널을 돌리려고 애쓴다. 센트럴 파크로.

역할의
번아웃

가지치기

나뭇가지의 일부를 자르고 다듬는 일
로, 가지, 뿌리, 잎 등 식물의 일부를 선
별하여 제거하는 것을 말한다.

어렸을 때, 마당이 있는 주택에 살았다. 이따금씩 나무 가지치기하는 모습을 볼 수 있었다. 반나절쯤 걸려 나뭇가지를 치고 나면 풍성하던 나무가 헐벗은 듯 추워 보였다. 당시에는 '왜 한창 잘 자라고 있는 나무를 저렇게 빈약하고 왜소하게 만들지?' 당최 이해할 수 없었다. '자르면서 키우는 게 더 잘 자란다'는 말을 알기엔 난 덜 자란 상태였다.

그 이후로 수십 년이 흘렀다. 오전 시간 차를 몰고 외출하다가 신호등에 걸렸다. 정차한 차에 앉아 창밖을 바라봤다. 길가 가로수에 가지치기가 한창이다. 나무에 기댄 사다리 위 아저씨의 손길이 닿으면 가지들이 바닥으로 뚝뚝 떨어졌다. 분명 어렸을 때 봤던 가지치기와 비슷한 모습일 텐데 그 모습을 받아들이는 내 마음은 많이 달라졌다.

무성하게 달린 가지를 쳐내려 가는 게 아쉬웠던 지난날과 달리, 이제는 나무의 어깨에 짊어졌던 무거운 짐을 내려놓는 것 같아 후련해 보이기까지 한다.

'무거운 가지를 짊어지고 있다가 쳐내니 얼마나 가뿐할까?'
이런 내 생각의 전환이 우스워서 피식 웃음이 났다.

그 사이 신호등이 파란불로 바뀌었다. 이따가 집에 돌아오는 시간쯤에는 이 가로수들 가지치기가 끝나 있을까? 그즈음엔 덥수룩하게 덮었던 머리카락을 자른 것처럼 깔끔한 모습을 하고 있기를 기대하며 시선을 거두고 나아간다.

결혼 전엔 1인칭 시점의 결혼의 의미를 알지 못했다. 결혼 뒤 그 의미를 생활로 익히는 데는 그리 오랜 시간이 걸리지 않았다. 결혼 전까지 내 몸 하나만 잘 간수하면 됐던 현실과 다르게 결혼을 하고 나니 갑자기 가족이 늘어났다. 내 부모님은 두 분인데 갑자기 부모님이 두 분 더 생기고 아이도 함께하게 됐다. 가족이 늘어난다는 것은 서로 일상의 기쁨을 나눌 일이 많아진다는 뜻이다. 그런데 그 이면에는 챙겨야 할 일도 그만큼 늘어나는 일이기도 했다.

그 당시 난 대학원을 마친 상태였다. 큰애가 좀 더 크면 하던 공부를 이어서 마칠 계획을 가지고 있었다. 지도교수와도 그렇게 이야기를 해 놓은 상태였다.

그러나 내 공부와 일에만 집중하기에는 나를 일컫는 지칭이 너무 다양했다. 딸, 며느리, 아내, 엄마이자 학부모, 동생 게다가 양가 부모님 중 한 분씩 편찮으셨다. 나는 나무 밑동에서 내 키만큼 자란 상태인데 갑자기 가지만 무성하게 늘어났다. 빈약한 줄기에 가지가 너무 많이 달리면 나무는 잘 자라지 못한다.

나무만 자라지 못하는 게 아니라 가지도 뚝뚝 부러지곤 한다. 나무에 달린 가지니까 당연히 모든 가지에 영양분을 충분히 전해 줄 수 있을 거라고 생각했는데 실상은 그렇지 않았다. 줄 수 있는 영양분은 한정돼 있었다. 마찬가지로 내 에너지도 제한적이었다.

교차된 역할은 나무의 가지와 같았다. 가지가 늘어날수록 지탱하기가 버거웠다. 당연히 내 일에 투자할 시간도 부족했다. 가족을 위해 기꺼이 시간을 내줄 수는 있지만 그 의미는 그 시간만큼 내 일을 하지 못한다는 것이었다. 나이가 들수록 '무언가를 한다'는 것이 내게 다른 개념으로 다가왔다. 무언가를 한다는 것은 제한된 시간 내에서 그 시간에 해야 할 다른 무언가를 못 하는 것과 일치되는 개념이었다. 이것도 하고 저것도 할 수 있으면 좋겠지만 실상은 이것과 저것은 늘 상호 배타적이었다.

난 가장 불만의 소리가 크게 들리는 일부터 손길을 주곤 했다. 마치 시급한 문제부터 해결하는 식으로. 내가 지금 당장 하지 않으면 문제가 두드러지는 것들을 우선으로 처리하고 나면 내가

나와 타인을

모두 사랑하기 위한 방법

하고 싶은 일은 늘 뒤로 미루다 미루다 식은 밥이 돼 있었다.

허기진 상태로 식은 밥을 한 숟가락 뜨려니 밥이 뻑뻑해져서 숟가락이 잘 들어가지 않았다. 푹 찔러 숟가락을 넣고 힘을 주니 밥이 덩어리째 따라 올라왔다. 그렇게 굳어진 내 취향, 내 바람이 다시 고슬고슬하고 윤기 있게 살아나기는 요원해 보였다.

간혹 갓 한 밥에서 김이 오르는 그때를 놓치지 않고 내 허기부터 달래려면 곳곳에서 뾰족한 말이 귀를 찌르곤 했다.

편찮으신 시부모님 병문안을 다니던 시절, 이틀에 한 번 꼴로 병원을 가도 늘 들리던 소리.

"며느리가 더 잘해야지."

월차, 연차가 없는 직장이라 빠진 학부모 모임, 그날 저녁이면 어김없이 오던 문자.

"○○ 어머니도 학부모 모임에 나왔으면 좋겠어요, 같은 반 아이 엄마잖아요"라는 큰아이 반 친구 엄마들.

일을 좀 줄이고 싶어서 면담을 하려던 찰나,

"이번 여름 학기엔 오후 교환학생 프로그램도 맡아 가르치셔야겠어요"라는 직장 상사.

저녁에 일을 마치고 집 현관문을 열자마자 달려오는 아이 얼굴은 햇볕을 쐬지 못해 눅눅해진 빨래처럼 쾌쾌한 내음이 났다.

울먹이는 목소리는 조금만 비틀면 물기가 뚝뚝 떨어질 듯했다.

"엄마 심심해. 주말에 놀러 가자"라고 하는 아이. 그 목소리는 내 목구멍을 타고 들어가 심장으로 퍼져나갔다.

"응, 그러자"하고 주말이면 묵직한 몸을 일으키지만 사실 난 햇볕을 쬐기보다 잠이 고팠다.

며느리로서의 역할을 요구할 때는 고전적인 며느리가 거론된다. 아이 하나일 땐 아이 수를 둘로 맞춰야 하고 둘을 낳으면 성을 골고루 맞춰야 한단다. 그렇게 아이 두세 명은 순풍순풍 낳아 직접 잘 키우는 며느리.

사회의 일원으로 역할을 요구할 때는 독립적인 여성이 대두된다. 적어도 연봉으로 자신의 생활과 노후를 책임질 수 있는 커리어 우먼. 그런데 그 연봉을 받으려면 고전적 며느리가 하던 일을 할 시간이 나지 않는다.

아이 입시 때는 풍부한 정보와 넓은 발로 입사관과 맞먹을 정도의 정보력을 갖춘 학부모여야 하고, 평소 생활에선 잔소리를 삼키는 성자의 영역에 이르러 삼시세끼 따뜻하게 챙겨 먹이는 엄마여야 한다.

각 역할마다 서로 대치되는 성향을 띤 모범 모델의 카드를 내밀지만, 두 모범 모델은 카드의 앞면과 뒷면처럼 동시에 한 모습으로 나타날 수 없다. 하나의 가지에서 두 가지로 분리된 만큼 영양분도 나눠 공급되기 마련이다. 난 아무리 애써도 역할의 완성도에서 늘 부족함을 느꼈고 그에 따른 죄책감도 따라왔다.

역할의 가지치기를 못하고 모든 가지에 다 영양을 넣어주려다가 이 가지도 저 가지도 앙상하게 여위어갔다. 그에 반해 역할의 교집합에 같이 속해 있던 남편은 아이들에게도, 양가 부모님께도 그런 죄책감은 없어 보였다. 남편은 자신의 일에만 충실하면 됐다. 그 덕에 남편의 나무는 가지가 늘어나는 대신 줄기가 쑥쑥 자랄 수 있었다.

현실 속 주변인들 아무도 남편의 행동을 나무라는 시선으로 바라보지 않았다. 집안에 일손이 필요할 때면 나의 직장생활을 바라보는 눈빛과 남편의 직장생활을 바라보는 눈빛이 달랐다. 마치 남편의 사회생활은 필수품이고 나의 사회생활은 사치품인 듯 바라봤다.

과수원에서 알이 굵고 당도가 높은 과일을 재배할 때는 6개의 가지 중 5가지를 잘라낸다고 한다. 그러면 6개의 가지로 갈 영양분이 한 가지에만 몰려서 그 가지에 열리는 과일의 당도가 높고 알도 굵게 된다고.

　물론 가지치기는 어렵다. 백과사전에도 '가지치기를 잘못하면 꽃·과일·잎의 손실은 물론 식물이 매우 약해져 병이나 벌레의 침해를 받기 쉽다'라고 나와 있다. 그럼에도 과일 재배 시 가지치기는 신중해야 함과 동시에 꼭 필요한 과정이기도 하다.

　또한 정원에서 키우는 나무에 가지치기란 나무의 형태를 원하는 방향으로 잡아주는 역할을 한다. 나무가 위로 크게 자라길 바라면 옆으로 퍼져가는 가지 끝의 생장점을 잘라준다. 역으로 나무가 옆으로 퍼지길 바라면 위로 자라는 줄기 끝의 생장점을 잘라준다. 자라길 바라는 방향과 반대 방향의 생장점을 가지치기해야 한다.

　어쩌면 나무의 영양분이나 사람의 에너지나 한정된 것은 마찬가지일지도 모른다. 그렇기 때문에 내가 원하는 방향이 어느 방향인지를 아는 것은 중요하다. 내가 우뚝 키가 크기를 원하는지, 주변을 품으며 옆으로 넓게 퍼지기를 원하는지에 따라 가지치기의 지점은 달라져야만 한다.

　개인이 어느 방향을 선택하는지에 대해 타인이 비난하고 평가할 수는 없다. 절대적인 답이란 있을 수 없다. 다만 자신이 어느 방향을 선택하는지 숙고하지 않은 채, 가지만 무성하게 자라도록 방치하는 것은 내 삶에 대한 존중의 결핍이었다는 걸 알게 됐다.

되돌아보면 난 내가 어느 방향의 성장을 원하는지에 대한 생각을 미루고 살았다. 그저 파도처럼 떠밀려 오는 역할들을 떠안기 급급했다. 늘어나는 가지들에 영양을 공급할 능력은 턱없이 부족했다. 가지치기가 두려워 방치해 놓은 결과, 가지도 말라가고 줄기도 허약해졌을 뿐이었다.

그 당시에 난 분명 인내심이란 이름에 내 에너지를 투자했는데 지나고 보니 그 에너지는 억울함으로 축적돼 있곤 한다.

내가 원하는 내 인생의 나무 모양을 그려보는 것. 그리고 그 모양에 맞게 가지치기하는 데 필요한 용기를 내는 것. 그것이 내 인생에 대한 예의이자 나를 사랑하는 방법이라는 걸 너무 늦게 깨달았다.

내가 나에게 주어야 할 감정은 미안함도 애틋함도 아닌 '사랑'이어야 한다는 것, 내가 타인에게 느껴야 할 감정은 억울함이 아닌 감사함이어야 한다는 것을 늦게나마 알 수 있어서 다행이다.

나와 타인을 모두 사랑하기 위한 방법의 실천, 세상에는 "알았어요"라는 말도 있지만 "어떡하지요? 이건 안되겠는데요"라는 말도 있다.

역할의 가지치기, 내가 원하는 내 인생 나무의 모양으로 키우기 위해 필요한 과정이다.

사랑인 듯 사랑 아닌 사랑 같은 썸

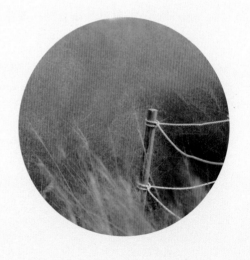

핑크 뮬리 그라스
Pink Muhly Grass

벼목 벼과에 속하며 조경용으로 식재
되는 여러해살이풀이다. 주로 조경용으
로 식재된다.

작년 10월 말, 작은아이 학원 가는 길에 양재천으로 핑크 뮬
리를 보러 갔다. 입구에서 한참을 걸어도 핑크한 색감이 보이지
않길래 그만 포기하고 돌아갈까 했다. 아마 혼자 갔으면 돌아왔
을 것이다. 작은 애한테 핑크 뮬리를 보여준다고 큰소리를 쳐놔
서 다리가 아픈데도 참고 걸었다. 얼마를 더 갔을까? 저 멀리 분
홍 물결이 보였다. 갑자기 다리에 힘이 들어갔다. 아이 손을 잡
고 달릴 준비를 했다.

　　"저기다. 가보자."

　　"어디요? 어디?............ 아.... 저기네요?"

　　발걸음이 빨라졌다. 그렇게 몇 분을 달리는 듯 걸었을까?

　　드디어 눈앞에 핑크 물리가 펼쳐졌다.

　　"아... 여기 있네."

　　"와..........."

분명 연한 갈색이어야 할 것 같은 갈대가 분홍색으로 흐드러져 있었다. 어디까지가 핑크 뮬리고 어디서부터가 색이 번진 건지 알 수 없었다. 그 모호한 경계가 신비함을 더했다. 생경함 때문인지 모호함 때문인지 아름다움 때문인지 가슴이 뛰기 시작했다. 낯선 것에 대한 흥분일 수도 있지만 내 심장이 반가워하니 나도 심장의 박동에 따라 같이 즐거웠다.

멍하니 서서 한동안 핑크 뮬리를 바라봤다. 얼마쯤 흘렀을까? 옆에 있던 아이는 벌써 몸을 비비 꼬고 있었다. 처음에 "와" 하던 함성은 잦아들고 주변을 두리번거리며 다른 흥미로운 걸 찾고 있었다. 끝내 아이는 '언제 가자고 해야 하나' 힐끔힐끔 살피고 있었다. 다만 엄마가 핑크 뮬리에 시선을 고정하니 머뭇거릴 뿐이었다.

난 그런 모습을 고개를 돌려 보지 않고도 이내 짐작하고 있었다. 다만 모른 체하고 그저 핑크 뮬리를 바라봤다. 신비로운 느낌의 핑크 뮬리를 눈에 가득 담아둬야 할 것 같았다. 그 옆에는 일상으로 보던 무성한 갈대와 잔디가 있었지만 핑크 뮬리에만 무대조명이 떨어진 듯 주변은 어둑했다.

미국이 원산이며 주로 미국 서부와 중부에서 서식하는 여러해살이풀로, 겉모습이 분홍빛을 띤다고 하여 '핑크 뮬리'라는 이름으로 불린다. 핑크 뮬리의 학명은 'Muhlenbergia Capillaris'다. 'Capillaris'는 '머리카락 같은, 머리털의'라는 뜻의 라틴어 'Capilláris'에서 유래했다. 이름처럼 가을에 꽃이 피면 산발한 분홍색 머리카락처럼 보인다.

— 네이버 지식백과

내 심장이 뛰는 이유가 저 핑크 뮬리가 좋아서일까? 단지 모양도 색도 낯설고 생경해서일까? 내 심장이 뛰는 이유를 찾으려고 내 안을 가만히 들여다보았다.

갈색도 초록색도 아닌 분홍색으로 우리를 낯선 세계의 설렘으로 이끄는 핑크 뮬리. 그 핑크 뮬리를 보며 사랑과 설렘의 묘한 경계선에 있는 썸이 연상됐다. 썸이 시작될 때의 그 모호함, 나를 좋아하는 건지 그냥 친절함 뿐인 건지 모르겠는 애매함, 내 사람이 될지 안 될지 모르는 경계의 불분명함. 그런 안착되지 않은 감정들. 그 감정이 부유하며 떠다닐 때 헤아리긴 어려웠다. 오히려 수십 년이 지난 지금, 가라앉은 감정들을 보며 그 실체를 알 수 있을지도 모른다.

썸이 낯섦에 대한 설렘만으로 구성돼 있다면 시간이 지날수록 사라질 감정이다. 반면 설렘으로 시작한 썸의 대상과 사랑에 빠지는 경우도 있다. 이 경우 썸은 본질적으로 썸이라기보다 사랑의 전 단계라고 보려고 한다. 여기서는 사랑의 전 단계인 썸은 사랑으로 합류시키고 낯섦에 대한 설렘인 썸만 썸으로 이야기해 보겠다.

문제는 안착하고 나서 덤덤해진 사랑과 설레는 썸이 인생에 동시에 들어왔을 때다.

사랑하는 사람과 사귄 지 몇 년이 지나면 익숙해지는 감정. 설렘의 자리에 편안함인지 권태감인지 모를 상태가 자리 잡는다. 상대를 통해 내 심장의 떨림을 확인받을 수 없다. 그로써 상대방이 무의미해지는 것은 아닌데 심장의 무반응을 존재의 무의미로 자칫 오해하곤 한다. 설렘이 사라지면 사랑도 소멸된 걸로 느끼게 된다. 설렘은 사랑의 초기 증상이지 본질의 대표 증상은 아닌데 말이다. 이때 다가온 새로운 상대방은 낯섦만으로도 설레게 한다. 단지 익숙하지 않기 때문에 설렌 건지 마음과 마음이 통해서 설렌 건지 내 마음을 잘 들여다봐야 한다.

흔들다리 효과라는 것이 있다. 흔들리는 다리 위에서 만난 이성에 대한 호감도가 안정된 다리 위에서 만났을 때보다 더 높아진다는 이론을 말한다. 예를 들면 남녀가 스릴 넘치는 놀이기구를 타는 경험을 함께 한 경우 아드레날린이 분비되는데 이를 상대에 대한 강한 호감이나 사랑의 감정으로 생각하게 되는 것이다. 심리적으로 불안한 상황에서 나타나는 심장 박동의 빨라짐을 자신의 감정 변화로 쉽게 착각한다는 것이다.

— 네이버 지식백과

흔들다리 효과처럼 심장이 뛰기 때문에 상대방에 대한 호감을 느끼게 되는 경우도 있을 수 있다. 내 감정을 읽기 전에 심장부터 반응하는 경우. 핑크 뮬리의 신비함을 보고 일어난 심장박동이 내 감정을 읽는데 혼선을 빚었듯이 말이다. 반면에 내가 원래 '사랑'하는 늘 푸른 잔디는 더 이상 내게 설렘을 주지는 않는다.

신비하게 흐드러진 핑크 뮬리를 보며 저 모습을 늘 푸른 잔디가 이길 수는 없을 거란 생각이 들기도 했다. 푸른 잔디밭을 누구보다 좋아하는 나로서도 핑크 뮬리를 보고 나서 잔디로 시선을 돌리지 않게 되었다. 설레는 썸은 신비함으로 다가와 잠시 후 사라질 신기루 같은 것일지라도 그 설렘만으로도 강력하게 사랑을 뒤흔들 수 있다. 동시 감정으론 사람을 흔드는 위력은 썸이 더 우세할 수 있다.

* * *

좋아하는 음악이 있다. 매일 듣고 싶어서 CD를 구입한다. 그리고 틈이 날 때마다 듣는다. 그러다가 어느 순간 그만 듣고 싶어지는 때가 온다. 분명 난 음악을 들으려고 버튼을 눌렀는데 잡념만 떠다니고 음악은 겉돌고 있다. 그럴 때면 망설이지 않고 라디오로 돌리는 편이다. 그렇게 CD를 케이스에 보관한 채 한두 해가 지나가고... 어느 날 문득 틀어놓은 라디오에서 그 음악이 나온다. '아... 이 음악' 그 반가움, 그 설렘, 극도의 기쁨.

분명 같은 음악인데 CD 구입 뒤 줄곧 듣다가 물릴 즈음보다 훨씬 더 깊은 울림과 떨림을 선사한다. 바로 즉흥성, 비자발성 그리고 되돌릴 수 없다는 순간성 때문이다. CD를 소장한 뒤 듣는 음악의 감흥은 시간이 지날수록 반감된다. 마치 안착된 사랑처럼 언제든지 가까이할 수 있다는 사실이 간절함과 설렘을 앗아가는 것이다.

우리는 끝없이 계획을 세우고 그 계획을 이루면 성취감을 느끼며 살아간다. 그러나 간혹 찾아오는 의외성, 즉흥성의 기쁨

'상대방'을 원하는 것이 아니라
'상대방의 행복'을 원하는 것이 진정한 사랑이다.

에 더없이 열광하기도 한다. 일기예보에는 예상하지 않았던 첫 눈. 지친 퇴근길 맞은편에서 걸어오는 이상형, 부탁하지 않았는 데 저녁 반찬으로 나오는 내 소울푸드. 나의 계획을 벗어나 우연이란 옷을 입고 찾아온 비자발적인 기쁨은 그 감정을 부풀린 다. 설렘을 먼저 대동하고 오기 때문일지도 모른다.

어쩌면 썸 대상에 대한 감정은 카푸치노 거품일 수도 있다. 한 입 베어 물면 목 넘김 없이 입가에만 남는 그 허전함. 썸이 다 가올 때, 거품처럼 사라질 거라는 걸 이성적으로 판단할 수밖에 없다.

처음엔 상대방에 별다른 감정이 없었다가 상대방이 적극적으로 애정 표현을 하니 나도 감정이 피어오른 경험. 대부분 한 번쯤 있을 것이다. 상대방이 힘차게 다가오는 발자국 소리와 울림에 내 심장도 덩달아 쿵쿵댔던 경험, 상대방 감정의 화력에 의해 데워진 국이 된 것 같은 감정. 초기 발화 없이 이차적으로 데워진 열기. 이런 경우 그 열기는 상대방의 반응에 따라 쉽게 꺼지곤 한다. 특히나 상대방의 마음에서 불순물을 발견하면 내 마음이 싸늘하게 식는 데는 그리 오랜 시간이 걸리지 않는다.

가스레인지 불을 끄고 나서 국이 식는 것처럼. 적어도 상대방의 반응에 따라 미세하게 변하는 감정이라면 그건 순도가 낮은 감정일 뿐이다.

상대방 반응에 따라 생기지는 않았지만 소유욕에서 시작한 감정도 있다. 나의 목표가 '상대방'을 얻는 것이라면 그 감정은 여전히 내가 주체이고 상대방은 소유하고픈 '대상'에 지나지 않기 때문이다. 나라는 주체와 대상으로서의 상대방과의 만남은 언젠가 그 대상에 대한 만족도가 떨어질 수밖에 없다.

반면 나에 대한 상대방의 감정과 상관없이 상대방에 대한 내 감정을 소중하게 간직하고 싶고 더불어 '상대방'을 원하는 게 아니라 '상대방의 행복'을 원하는 것. 나는 그 감정을 진정한 사랑이라고 이름 붙이고 싶다.

사랑은 사랑하는 사람을 '대상'으로 보지 않고 '주체'로 보게 해 준다. 내가 아닌 사랑하는 사람이 주체가 되는 경험. 그렇게 비이성적인 주체의 탈바꿈이 일어나는 게 사랑이 아닐까 싶다. 주체로 다가온 상대방은 그 자체로 내 마음에 오래 머문다. 대상으로 소비되지 않고 주체로 생동감 있게 살아내기 때문이다. 내가 아닌 상대방을 주체로 인식할 수 있는 정도의 사랑에 이른다면 그 사랑은 어떤 시련도 뚫고 나갈 수 있을 것이다.

소극적인 썸이 아닌 적극적인 사랑. 상대방이 나를 싫어해도 나는 끝까지 사랑할 수 있는 사람. 상대방을 주체로 놓고 상대방의 행복을 먼저 가늠하게 되는 사랑. 그 정도 신성한 범주에 이르러야 인생이란 긴 터널을 손잡고 지나올 수 있으리라고 본다.

반면 상대방이 나를 사랑한다는 사실에 들뜨고, 사랑받는다는 설렘에 취해 나도 상대방에게 마음을 여는 소극적 감정인 썸, 썸의 감정만으로는 인생의 굽이 굽이 떠밀려 오는 시련과 유혹을 통과하기 어렵다.

내 마음속에서 변하지 않을 진정한 사랑을 내가 분별해야 할 이유다.

✿ ✿ ✿

작년에 봤던 핑크 뮬리가 인상적이어서 올해도 10월 말쯤 또 한 번 핑크 뮬리를 보러 갔다. 그런데 이게 웬일일까? 핑크 뮬리가 있던 자리에 아무리 둘러봐도 핑크 뮬리를 볼 수 없었다. 갈대숲만 무성한 그곳엔 분홍꽃조차 발견할 수 없었다.

대한민국에서는 외래종인 털 쥐꼬리새가 생태계에 교란을 주게 될지 위해성 여부를 검토하는 것으로 알려졌다.

국립생태원이 2019년 12월 핑크 뮬리를 지속적으로 관찰할 필요가 있다는 판단에 따라 '생태계 위해성 2급'으로 지정한 바 있어 핑크 뮬리를 둘러싼 위해성 논란이 있다.

한편, 위해성은 3개 등급으로 나뉘는데, ▷1급 생물은 '생태계 교란 생물'로 수입·유통·재배 등이 금지되며, ▷2급은 당장 생태계에 미치는 위해는 발견되지 않았으나 향후 위해를 줄 수 있는 생물로 지속적인 감독(모니터링)이 필요한 생물을 말한다.

— 네이버 지식백과, 다음 백과

썸과 비슷한 해석에 맞닿아있는 핑크 뮬리가 생태계 위해성 2급으로 지정되었다는 사실을 알고 피식 웃음이 나왔다.

변하니까

사랑입니다

카네이션
Dianthus caryophyllus

남부 유럽과 서아시아가 원산지로 중
심자목 석죽과의 식물이다.

5월 중순 어느 날, 아들이 어버이날 사온 카네이션에 물을 주고 있었다.

때마침 학교에서 돌아온 아들은 그 모습을 보고,

"엄마, 이 카네이션 열흘 전에 제가 사 온 거죠? 이 꽃 오래 가네요?"라고 물었다.

선물한 지 꽤 지났는데도 시들지 않고 곱게 피어 있는 꽃이 신기했나 보다.

"음. 카네이션이 자식에 대한 어머니의 정을 나타내는 꽃이 잖아. 보통 모든 어머니의 자식에 대한 정은 지속적이거든. 그 러니까 그 정을 나타내는 꽃으로 오랫동안 시들지 않는 꽃인 카 네이션을 선택한 걸 거야(라고 내 멋대로 말을 지어냈다)."

거기까지 하고 말았어야 하는데 주책맞게 다음 말이 줄줄 새 나왔다.

"장미는 금방 시들잖아. 장미는 남녀 간의 사랑을 상징하거 든. 남녀 간의 사랑은 금방 변하니까 그런 거 아닐까?"

아직 첫사랑도 못해본 아들한테 하지 말아야 할 말을 해버린 것 같아 후회스러웠지만 이미 물은 엎질러졌다. 아들이 첫사랑을 마주할 때의 감성이 이 정도 말로 깨지진 않을 거라고 합리화해본다.

30분쯤 지났을까? 남편한테 톡이 온다. 열어보기도 전에 기대에 부푼다. 이 시간 즈음 오는 톡의 내용은 대충 알 만한 내용이니까.

"오늘 저녁 먹고 간다. 미국에서 친구 ○○이가 왔거든."

역시나!!! 읽자마자 바로 쾌속으로 답변한다.

"ㅇㅋ"

보통 집에서 저녁을 먹는 남편이 5시 전후 연락이 온다면 저녁 준비하지 말라는 연락인 경우가 대부분이다. 오늘 나한테 야근은 없다! 작은아이 저녁을 차려주고 학원에 데려다주면 오롯이 3시간은 자유시간이다. 숨길 수 없는 미소를 지으며 소파에 파고든다.

신혼 초였다면 어땠을까?

"오늘 저녁 먹고 간다. 미국에서 친구 ○○이가 왔거든."

"얼마나 늦어?"

하고 질문을 하고

"몇 시까지는 들어와" 하고 조바심을 냈을 것이다.

이젠 남편이 몇 시에 들어오는지는 중요하지 않다. 다만 이 시간, 난 무엇을 할 것인가에 최대 관심을 집중한다.

사랑이 식어서가 아닐 수도 있다고? 음...

※ ※ ※

"어떻게 사랑이 변하니?"

영화 〈봄날은 간다(2001)〉에 유명한 대사다. 한 남자가 사랑하는 연인한테 외면당하고 나서 처절함을 가리며 담담히 읊조리는 대사라서 울림이 컸다. 그 당시 영화를 볼 때만 해도 그렇게 말하는 남주인공의 마음에 기울어 상대방 여주인공을 째려봤었다.

그 후 수십 년, 결혼한 지 이십여 년이 지난 사람으로 그 대사를 다시 듣는다면 여주인공 대신 아주 단호하게 대답할 수 있을 것 같다.

"변하니까 사랑이지!"

사랑은 변한다. 상하거나 소멸되기도 하고 은은해지거나 깊어지기도 한다. 줄어들거나 자라기도 하는 걸 보면 살아 있다고 표현하는 게 맞는지도 모르겠다. 사랑은 무생물이 아니라 생물이다.

첫사랑의 밀도와 순도가 고스란히 보존되는 것은 실온 보관이 아닌 냉동 저장되었기 때문이다. 헤어진 뒤, 실제 생활에서 사라져 우리의 머릿속에만 남은 첫사랑은 급속 동결 후 진공 포장돼 냉동고 안에 자리 잡는다. 당연히 유통기한이 길다. 우리의 실생활 속 온도와 습도를 견딜 필요가 없기 때문이다.

반면 결혼으로 이어진 사랑은 실온으로 보관해야 한다는 난점이 있다.

여기까지 읽고 나면 '그래서 어쩌라고?' 이 말이 뇌리에 스칠 것이다.

"그래서? 변하니까 결혼하지 말고 싱글로 살라고?"

"변하니까 그냥 알아서 마음의 준비를 하라고?"

물론 이렇게 무책임한 말을 하려는 것은 아니다. 저 위에 빠져나갈 곳을 마련해 두지 않았는가!

'소멸되거나 상하기도 하지만 은은해지거나 깊어지기도 한다'라고. 우리는 사랑이 소멸되거나 상하지 않고 깊어지게 가꾸어야 한다(왜 여기서 너나 잘해!라는 환청이 들리는 걸까?).

흔히들 결혼을 사랑의 열매라고 한다. 난 이 말에 의문을 던진다. 결혼은 사랑의 종착점이 아니다. 열매를 맺기 위한 출발점이 아닐까 한다.

결혼은 사랑의 열매가 아닌 씨앗이다. 결혼을 시작으로 잘 가꾸어 꽃을 피우고 열매를 거두고 다시 쉬었다가 또 꽃을 피우고 열매를 거두는 선순환이 시작될 수 있다.

결혼하기 전 사랑에 빠지게 한 한 가지 이유가 왜 사랑하는지 모를 백 가지 이유를 덮었듯이 결혼을 하고 나서, 사랑하지 않아도 될 상대방의 한 가지 잘못이 사랑을 시작했던 백 가지 이유를 삼키기도 한다.

⚘ ⚘ ⚘

명절날 밤, 전날 부친 전을 삼단 찬합에 담아 들고 새벽부터 큰댁과 시댁을 오가고 돌아오는 차 안.

"아, 허리 아파. 나 차에서 좀 자야겠으니 말 시키지 마."

"내일부터 푹 쉬면 되겠네."

"그럼 안 쉬어? 쉬지? 쉬는 날이잖아."

"왜 그래. 난 그냥 쉬면 나아질 거라는 거야."

나한테 필요했던 말은

"그래. 애썼네. 힘들겠다. 고마워."였을 뿐인데 남편은 뭔가를 해결해주려고 한다. 자신이 공휴일을 지정하기라도 한 양 선심 쓰듯 내일을 끌어와 내민다.

남편은 남편대로 내가 전을 다 부쳐가기 싫다는 의미로 넘겨짚었다. 그 힘듦을 인정하면 다음부터는 안 하게 되리란 염려 또한 자리 잡고 있었다. 난 할 일을 안 할 생각은 없다. 하지만 해야 할 일이라고 하고 나서 힘들지 말란 법은 없다. 아내들의 투정은 거의 그저 알아달라는 것이지 해결해 달라는 것이 아니다. 어렵다면 그냥 "그래, 그래"만 하면 된다.

다른 사람이 했다면 흘려버렸을 말 한마디가 남편이 했기 때문에 대역죄인이 된냥 남의 편으로 전락하기도 하고, 친구가 했다면 아량으로 사소하게 넘겼을 실수가 남편이 했기 때문에 거대하게 부풀어 집안을 가득 메우기도 한다. 그렇게 남의 편이었다가, 남이었다가, 남편이었다가 순환하면서 그 자리를 맴돈다.

식물 키우기가 취미인 나는 식물을 키우면서 나도 자라고 있다. 전에 몰랐던 사실을 하나씩 알아간다. 씨앗이 자라 꽃을 피우고 열매를 맺기까지는 사랑만으로는 부족하다. 사랑을 주기 전에 먼저 식물의 마음을 읽어야 한다. 식물마다 원하는 환경이 각각 다르다. 식물이 원하는 방식에 맞춰서 식물마다 다른 환경을 조성해 주는 것이 기본이다. 내가 생각하는 하나의 모범 답안으로 식물을 키우면 실패할 수밖에 없다.

사랑도 마찬가지로 먼저 상대방의 마음을 읽어야 했다. 상대방이 무엇을 좋아할지, 무엇을 싫어할지 읽고 서로 조율하는 과정이 무엇보다 중요한데 그걸 몰랐다.

사랑을 주기 전에 먼저 상대방이 원하는 마음을 읽는 것. 그것이 존중이다. 사랑은 존중을 먹고 자란다. 존중을 먹고 자란 사랑은 깊게 성숙할 수 있다.

결혼하고 나서 서로를 이미 잘 알고 있다고 착각하곤 했다. 되돌아보면 우리는 서로를 알아가려는 노력에 느슨해졌던 것 같다. 마음을 읽지 않고 자신의 방식대로 해주면서 서로 어긋나곤 했다. 상대를 알고 싶어 하는 마음, 상대방의 마음을 읽으려는 노력, 거기에서부터 사랑의 보존은 시작되는 것 아닐까 한다.

사랑은 변한다. 단 어떻게 변할지는 우리의 몫이다.

볕이 잘 드는
양지바른 곳에서

주목받지 않아도 괜찮아요.

근사하지 않아도 괜찮아요

들꽃 Wild flower

누군가 일부러 심지 않거나 재배하지
않고 야생에서 자라는 꽃이다.

40대에 들어서자마자 직장을 관두었다.

처음엔, 버릴까 말까 하던 물건들을 다 내다 버린 느낌이었다.

넓고 안락해진 거실에 앉아 '이런 게 미니멀리즘이지' 하며 흐뭇해했다.

다음엔, 그 내다 버린 물건들이 자꾸 생각났다.

'그 검은 정장은 조문 갈 때 입게 놔둘 걸 그랬나? 그 가방이 얼마짜린데 갖다 버린 거지?'

'다시 가져올까? 아이, 어떻게 재활용품을 다시 뒤져?'

그다음엔, 버린 물건들을 다시 사기엔 비용과 시간이 만만치 않게 든다는 걸 깨달았다.

후회도 했다가 애써 후회를 외면도 했다가 넓어진 거실을 만끽도 했다. 아무래도 버린 옷과 가방을 다시 사기엔 부담스러웠다.

그즈음 친정 가족 모임에 가면 언니도, 오빠도, 올케언니도, 형부도 다들 한창 잘 나가는 이야기로 꽃을 피웠다.

"이번에 승진했다며? 축하해."

"이번에 다른 대학으로 옮긴 것 축하해."

다들 돌아가며 축하 안부를 전하다가 나를 보고는 "○○이는 여전히 공부 잘하지?" 하고 예의상 초점을 빗나가 주곤 했다. 갑자기 화제의 중심이 된 아이는 동그래진 눈으로 나를 쳐다볼 뿐이었다.

그런 모임을 마치고 나면 뜬금없게도 초등학교 교실에 앉아 있는 내가 떠오른다.

초등학교 1학년 아이들이 줄 맞춰 서 있는 입학식. 다들 이름표를 받아 든다. 이름표를 가슴에 달고 서로 쳐다본다. 친구가 이름표를 보고 내 이름을 불러주길 바란다. 어느 날부터인가 이름표를 보지 않고도 내 이름을 불러주는 친구를 보면 안심이 되면서 그 친구 이름은 더 잘 외우려고 애썼다.

그러던 어느 날, 상상 속 초등학교 교실에 갑자기 불이 꺼진다. 난 교실에 들어왔는데 교탁 앞에 내 이름표만 없다. 내 가슴에만 이름표가 안 붙어 있으니까 아이들은 나를 보고 못 본 척 지나친다.

내 이름 석 자 ○○○이 아닌, "○○○에서 ○○○을 하는 ○○○입니다"라고 말할 수 있는 사회적인 소속의 이름표가 없어진 느낌. 아무리 내 일상을 잘 가꿔나가도 그 느낌을 쉽게 지워버릴 수 없었다.

그 텅 빈 느낌을 누구와도 나눌 수 없었다. 내가 생각해도 내 고민은 어디 내놓기 하찮고 설득력이 없었다. 직장으로 인한 소속감은 없지만 난 남편과 두 아이가 있었고, 누가 뭐래도 그 이름표를 자발적으로 가슴에서 떼어낸 건 나 자신이었기 때문이다.

세상에 얼마나 우스운가. 고민이 하찮아 부끄럽다니. 누가 들으면 얼마나 재수 없을 일인가(달리 다른 적절한 표현을 찾지 못했다). 그야말로 복에 겨운 이야기라고 할 게 뻔했다. 타인이 쉽게 납득하지 못할 만한 고민을 짊어지고 사는 사람은 괴로운 데다 외롭기까지 하다.

*   *   *

가을이 시작되는 어느 날 오후, 무기력하게 있다가 더 이상은 안 될 것 같아서 동네 뒷산에 올랐다. 나지막한 길이라 부담이 없어서 가끔 들르곤 했다. 어딘가에도 털어놓을 수 없어 안으로 깊숙이 어둑해지던 날.

산골짜기에 수줍게 피어 있는 들꽃을 만났다. 들꽃의 줄기는 여리다. 주변의 풀인지 잡초인지 들꽃 줄기인지 구별하기가 쉽지 않다. 잡초 사이에 자신의 줄기가 묻혀 있는지도 몰랐던 들꽃

이름을 몰라줘도 제자리에서 행복해한다.

이 빼꼼히 고개를 내밀고 말했다.

'여기 나도 있었어.'

코가 시큰해져서 들꽃에게 말했다.

'거기에 네가 있는 것을 몰랐어. 미안해.'

그런데 들꽃은 개의치 않았다. 처음부터 '알아주길 바라지 않고' 피어 있었다. 들꽃은 '나'가 아닌 '우리'로 산골짜기의 '일부'인 채, 버무려져 있었다. 더할 나위 없이 행복해 보였다.

나 자신에 대한 생각만으로 똘똘 뭉쳐 있어 갑갑했던 난,

산과 하나가 된 들꽃을 보고 나서

'이름을 몰라줘서 미안해.'

'이름이 뭐니?' 물었다.

내 손은 휴대전화에 꽃 이름을 검색하려고 했다. 그날따라 산속이라 그런지 휴대전화 인터넷이 잘 연결되지 않았다.

그때 들려왔다.

'내 이름 몰라도 돼, 네가 날 보고 받는 느낌이 바로 내 이름이야.'

이름을 몰라도 돼......

이름을 몰라도 돼.

이름표를 안 달아도 돼......

이름표를 안 달아도 돼.

나의 괴로움은 이름표로 '나'를 드러내려고 했기 때문이었다. 사실 이름표가 나를 나타낼 수는 없는데 말이다.

마음속이 너무 나로 가득 차 있어서 버거울수록 허전했던 날. 들꽃은 내게 다가와 말해줬다.

"나는 그냥 이대로도 행복해"라고.

내가 들꽃을 알아주지 않아서 서운했을 거라고 생각했던 나의 오만이 부끄러웠다. 들꽃은 굳이 타인이 알아주지 않아도 자신의 존재만으로도 주변 환경과 어우러져 충만한 삶을 살고 있었다.

들꽃은 장미처럼 가시를 돋아(장미야, 만날 널 걸고넘어져 미안하다. 딱히 너한테 나쁜 감정은 없는데 왜 이러는지ㅠㅠ) 자신을 보호하지 않는다. 그냥 자신의 경계를 허물고 살아간다.

장미의 시들어가는 모습을 보면 꽃잎이 아프면서 '나'라는 존재가 사라지는 것 같아 서글프다.

들꽃의 시들어가는 모습은 왠지 다시 자연으로 돌아가는 것 같다. 꽃잎이 타들어가지도 않고 한 잎 한 잎 떨어져 조용히 사라진다.

들꽃은 꽃망울도 작아 화려하지 않다.

무대 위에 스포트라이트를 받는 주연보다는 조연에 가깝다.

아니 어찌 보면 무대 배경에 어울리는지도 모른다.

그럼에도 제자리에서 행복해한다.

들꽃은 '보이는 나'를 내려놓고

세상을 '보는 나'로 자리 잡고 있었다.

그 자리에서 자신을 드러내지 않고 '나'를 바람, 나무, 돌과 같이 '우리'로 버무리며 들판을, 바위를, 하늘을 보며 행복해한다.

어쩌면 2, 30대가 주목받던 장미꽃 시대였다면, 점점 나이 들어가며 나의 위치는 저 들꽃이 되어야 하는 게 아닌가 싶다.

이제는 들꽃이 되어 나무와 바위와 들판과 함께 바람을 맞고 싶다.

당신의 마음을 알기 때문에

알고 싶지 않아요

식충식물
Carnivorous plant

곤충 등의 작은 동물을 잡아 그것을 소
화시켜서 양분의 일부를 얻을 수 있는
특별한 기관이 있는 식물이다.

대학 졸업과 동시에 모 그룹 기획실에 입사했다. 그 당시 우
리 부서 부장님의 화법은 지시, 비난, 비교가 주를 이뤘다. 부장
님은 자신이 부서 직원들을 잘 관리하고 있다고 생각했겠지만
부장님 방에 들어갔다 온 직원들은 그날 오후 일을 접고 시간만
보내다 집에 갔다.

　　나 또한 그랬다. 부장님의 비난을 듣고 내 자리에 돌아와서
는 저녁 약속을 잡고 화장을 고치는 일로 시간을 때웠다. 부장
님의 비난만큼 화장에 공을 들였다. 그 길이 우리의 노력을 폄
하한 부장님에 대한 가장 소심하면서도 통쾌한 복수였다.

　　반면 우리 부서 총괄 관할을 하는 이사님과 면담이 있는 날
은 달랐다. 이사님 말씀을 듣고 나오면 자리로 돌아와 자세를
가다듬고 일에 몰입했다. 갑자기 전에 없던 애사심이 불타오르
며 이 회사에 뼈를 묻으리라는 생각으로 일에 전념했다.

　　"○○씨, 지난번에 준 자료 분석이 아주 큰 도움이 됐어요."

　　일하다가도 히죽히죽 삐져나오는 미소를 감출 수 없었다.

　　불행하게도 이사님보다는 부장님을 매일 만나야 했던 나는,

1년 만에 직장을 관두고 대학원에 진학했다. 그 당시 지배에서 벗어나는 길은 그것이 유일했다.

관계적인 측면에서 타인을 지배하려는 자를 드물지 않게 볼 수 있다. 그들은 자신의 생각으로 타인의 생각을 물들이려고 한다. 일종의 점령 욕구다. 타인의 머릿속을 점령하고 나서 그 안에 자신을 심으려고 한다. 그들은 근본적으로 자신이 타인보다 우위에 있다고 믿는다. 심지어 자신이 타인을 지배해야 세상의 질서가 잡힌다고 생각한다. 국가 간 관계로 보자면, 단순한 참견이 내정간섭이라면, 지배하는 것은 식민지화하는 것이다.

단순한 참견은 그 최종 목적이 화자의 이익과 무관할 수도 있지만, 지배한다는 것은 청자를 점령하는 것이 화자에게 직접적인 이익을 가져다준다.

타인을 지배하려는 자의 특징은 늘 상대방을 바꾸려 하고 그 도구로 지시와 비난을 사용한다.

"넌 그거밖에 못해?"

"도대체 지금까지 한 게 뭐야?"

"이걸 지금 한 거라고 한 거야?"

이런 무례한 말을 서슴지 않고 배설하면서 그 말이 상대방을 바꾸게 하는 힘을 지녔다고 착각한다. 그들이 사용하는 비난으로 상대방이 무기력해진다는 사실은 모른 채.

회사생활뿐만 아니라 일상에서도 상대방을 비난으로 지배하려는 자들을 볼 수 있다.

단지 회사라는 공적인 관계가 아닌 사적인 관계이기 때문에 그 지배 관계를 인식하고 벗어나는 데 더 오랜 시간이 걸릴 뿐이다.

그들은 비난이라는 무기로 상대방을 공격해 점령하다가 힘이 부족하다고 느껴지면 비교라는 다음 무기를 들고 나선다. 주로 '더라' 화법으로 자신의 주장하는 바와 일치하는 사례를 끌어와 던진다.

"내 친구 부인은 아침마다 남편 도시락을 싸 준다더라."

"내 친구 남편은 결혼기념일마다 명품백을 하나씩 사준대."

"내 친구 아들은 학원도 안 다니고 공부하더니 장학생으로 붙었다더라."

사례 제시를 가장한 지배 행위다. '저 사례를 따라 너도 해'라는 의미가 들어 있다. 여기에서 파생된 남친부(남편 친구 부인), 아친남(아내 친구 남편), 엄친아 등이 있다. 이들은 결국 지배자인 화자의 사례에 등장해서 청자의 태도를 바꾸려는 데 이용되고 사라진다.

작은아이가 초등학생 때 가장 심취했던 식물은 식충식물이었다. 그 당시 우리는 남양주에 있는 농장까지 가서 식충식물을 구경했다. 한 시간 넘게 걸려 도착한 농장 비닐하우스에는 각종 식충식물이 줄 맞춰 서 있었다. 들어서자마자 '이렇게 많은 종류의 식충식물이 있구나' 하고 놀랐지만 그것도 잠시, 이내 피곤해졌다. 두리번거리며 앉을 곳을 찾다가 비닐하우스 내에 있는 의자에 앉아 심드렁하게 휴대전화를 보곤 했다. 그런 나와 남편과는 달리, 아이는 그 안에서 꼬박 한 시간을 놀며 식충식물을 담아왔다.

외형적으로만 봐도 '저 식물은 동물성 식물이구나'를 알 수 있었다. 네펜데스라는 식충식물은 사람의 혈관처럼 보이는 빨간 줄이 줄기에 있었다. 파리지옥은 동물에서 볼 수 있는 털이 보송보송 나있었다. 보통 수동적인 식물과는 달리 식충식물은 생김새에서부터 동물이 되려다 주저앉은 식물 같았다. 아이의 호기심을 자극할 만한 외형과 성향이었다.

우리집에 들어온 지 며칠 지난 식충식물의 잎사귀에는 집안 어디에 있는지도 몰랐던 날파리가 달라붙어 있었다. 식충식물

종류에 따라 먹이를 유인하는 방식이 달랐다. 벌레잡이 제비꽃 식충식물은 밝은 꽃으로 먹이를 유인하고, 끈끈이주걱은 끈적한 점액 또는 접착제로 유인한다. 파리지옥은 방아쇠 역할을 하는 털로 먹이를 불러 모은다.

그 모습을 보며 지배욕이 강한 지배자형 사람의 모습이 떠올랐다. 끝없이 타인을 조정해 자신의 목적을 성취하려는 지배자형 인간과 날파리를 유인해 자신의 잎사귀로 잡아먹는 식충식물은 흡사했다. 난 지배자형 인간을 닮은 식충식물을 못마땅하게 여겼다. 다른 식물을 키울 때와 달리 발코니에 잘 나가지 않았다. 그러다가 유난히 식충식물에 관심을 모으게 된 일이 있었다.

집안에 들어온 모기 한 마리로 잠을 설친 날 아침, 별로 예뻐하지도 않던 식충식물에 다가가 봤다. 혹시나 식충식물이 모기를 잡아먹지 않았을까 하는 기대감에서였다. 그런데 식충식물 잎사귀를 아무리 뒤져도 모기의 흔적은 없었다. 그사이 식충식물에 잡아먹힌 두 마리의 날파리 흔적만 찾을 수 있었다.

실망스럽게 돌아서는데 모기는 식충식물이 있는 발코니 하얀 벽에 붙어 있었다. 식충식물의 잎사귀에 들러붙어 죽은 날파리와는 달리, 밤새 귓가를 윙윙대던 모기는 멀쩡하게 살아 있던 것이다. 그 태연한 모습이 얄밉기도 하면서 위대해 보이기도 했다. 모기는 제비꽃 식충식물의 밝은 꽃에도, 끈끈이주걱의 접착제에도 유혹되지 않았기 때문이다.

※   ※   ※

타인을 지배하려는 이에게 가장 취약한 대상은 인정 욕구가 강한 사람이다. 그들에게 타인으로부터 비난받는다는 사실은 치명적이다. 인정과 칭찬에 목말라하는 이에게 비난은 허용할 수 없는 것이다. 비난을 인정으로 바꾸기 위해 부당함을 잠시 미뤄둔 채 부단히 자신의 노력을 채워 넣는다.

대부분 며느라기 시절의 며느리들이 시어머니의 비난에 더 분발하는 게 이런 경우다. 비난을 듣고 불쾌해 주저앉았다가도 다시 일어나 나아간다. 그러나 그 나아가는 방향의 도착지는 지배하려는 이가 원하는 곳이다.

지배하려는 자의 지배욕을 내가 줄이거나 없앨 수는 없다. 그렇다면 지배하려는 자로부터 벗어나려면 어떻게 해야 할까? 회사 상사나 가족 어르신의 지배를 벗어나는 것은 사실 쉽지 않다. 회사는 생계와 관련돼 있어서 지배를 벗어나려면 생계를 걸어야 할 만큼 용기가 필요할 수도 있다. 가족 어르신도 마찬가지다. 그 끈은 지켜내야 하는 영역이다.

식충식물의 타깃인 모기가 그 유인물의 유혹을 물리치고 살아 있는 것을 보며 깨달았다. 모기가 식충식물의 유인물에 매혹되지 않았던 것처럼, 지배받고 싶지 않으면 지배자를 향해 솟아오르는 내 안의 인정 욕구를 잠재우면 된다. 내가 할 수 있는 것은 내 안의 인정 욕구를 소멸시키는 것뿐이다.

나를 지배하려는 이와 표면적인 관계는 유지하면서, 나를 지배하려는 자에게서 지배당하지 않는 유일한 방법이다. 지배하려는 자의 마음을 애써 읽지 않는 것, 은근히 통쾌한 구석이 있다.

주의사항!!
부작용으로는 그다지 발전적이지 않은 사회적 지위나 가족 내 관계에 이를 수 있다.

우정 불변의

법칙은 없다

감나무 Diospyros kaki

감나무목 감나무과의 낙엽활엽교목
이다.

어렸을 때 마당에 감나무가 있었다. 그 감나무를 다시 그려 보려고 애를 써 봤지만 도무지 생각이 나지 않았다. 애써 머리에 떠오르는 장면은 감나무가 아닌 감나무에서 딴 감이었다. 감을 따서 구석방에서 숙성시키고 나면 엄마는 감을 들고 나왔다.

방에 들어갈 때 단단하고 야무진 모습의 감과 달리 방에서 나온 감은 쭈굴쭈굴하고 말캉했다. 손가락에 힘을 뺀 채 조심스레 집어 든 감을 껍질을 벗겨 한 입 베어 물면 그 달콤함이 입천장까지 전해졌다. 매운 음식 먹을 때만 혀가 얼얼한 게 아니라 너무 단 음식을 먹을 때도 혀가 말아 올라간다는 걸 그때 처음 알게 됐다.

이런 감에 대한 추억을 뒤로하고 한참을 더 생각해도 감나무가 어떻게 생겼었는지 기억이 나지 않았다. 내 머릿속에는 여전히 감나무에 매달린 감. 그 주렁주렁 열렸던 단단한 감과 구석방에서 숙성돼 나오던 그 쭈그렁 찐득한 감만이 그려질 뿐이었다.

감나무 나뭇잎은 작은지 큰지 감나무 나무 기둥은 얼마나 굵직했는지 기억해 낼 수가 없다. 내게 있어서 감나무는 나무에 감이 달린 게 아니라 감을 얻기 위한 나무였다. 나는 나무에 관심이 없고 감에만 관심이 있었다.

관계에도 이런 경우가 있다. 열매만 따려는 관계, 내가 아닌 내가 가진 그것에만 관심을 두고 다가오는 관계 말이다.

수년 전 어느 날 친구한테 톡이 왔다.

"우리 큰애 이번에 한의학과 가려고 하는데 말이야. 한의학과가 이과잖아. 그런데 학교에서는 인문 계열로 가서 교과과정 이수하고 자연 계열로 대학만 지원할 수 있을까?"

"글쎄"

"네가 좀 알아봐 줄래?"

"그냥 대학교 홈페이지 들어가 보고 그 대학교 입학처에 전화해보면 돼."

"그런데 내가 입시에 관한 설명을 들어도 잘 못 알아듣겠어. 넌 큰애 대학 보내봐서 잘 알잖아. 네가 좀 해줘."

난 전화를 끊고 반나절을 꼬박 써서 그 대학 한의학과에 대해 정리했다. 그리고 톡으로 보냈다. 그런데 하루가 지나도 답이 없었다. 카톡을 확인해 보니 친구 톡에 숫자 1은 지워지지 않았다. 은근히 신경이 쓰여 자꾸 그 '1'이 언제 지워지나 연락 창을 들락날락하게 됐다. 안되겠다 싶어서 그다음 날 통화해 보니 친구는,

"응. 어제 하루 종일 아이 친구 엄마들이랑 맥주 마셨지."

사실 어제 반나절은 내가 이번 주말까지 보내야 했던 원고의 초안을 잡으려던 시간이었다. 그 시간을 포기하고 쓴 시간이었다. 그 순간 난 '뭔가 잘못되었다'는 느낌을 받았다.

그다음부터였다. 친구한테 연락이 오면 그 연락의 순도를 체크하기 시작한 것은. 한 번 기분 나쁜 경험으로 마음에 흠집이 나니 그 부분에 닿는 일상에 민감하게 반응하기 시작했다. 칼에 베인 손가락에 물이 닿으면 아픈 것처럼, 이상하게 사소한 말 한마디에도 신경이 곤두서기 시작했다.

가끔은 서로의 관계를 3인칭 관찰자 시점으로 살펴볼 필요도 있는 것 같다. 친구의 연락 화면 스크롤을 내리면서 대화 내용을 읽어봤다.

"그런데 국어 인강은 누가 제일 나아?"

"수학 문제집은 《실력 정석》보다 어려운 것은 뭐가 있을까?"

아무리 뒤적여봐도 물어보고 도와달란 말 이외의 용건으로 나한테 연락한 적이 없었다. 나를 검색창으로 생각하는 것 같았

다. 큰아이 입시를 잘 치른 내게 도움 이상으로 기대며, 편리함을 취하고 있었다. 거기까지는 애써 이해할 수 있다. 서로 돕고 살아야 하니까. 게다가 우리는 수십 년 친구니까.

그런데 마치 필요할 때만 검색창을 띄우고 답을 취하고 나서는 화면을 지우는 것처럼, 친구는 내게 궁금한 점을 물어보고 답을 얻은 뒤에는 한동안 연락도 없었다. 난 기분이 점점 상했다. 내 마음이 상한다고 말하자니 내가 너무 지질해지는 것 같고 그러지 말라고 요구하자니 타인의 감정을 휘두르는 이상한 행동 같았다.

왜 이런 일이 일어난 걸까? 어렸을 때는 정말 둘도 없는 친구였다. 서로 마주 보고 앉아 한없이 속내를 털어놔도 부끄럽지 않고 후회되지 않는 친구. 그 사이 세월이 많이 흘렀지만 그게 친구사이를 멀어지게 할 이유가 될까?

그러다 마르틴 부버의 《나와 너》라는 책을 읽게 됐다. 마르틴 부버는 인간관계를 두 가지로 분류했다.

'나와 너의 관계(Ich-Du)'와 '나와 그것의 관계(Ich-Es)'.

나와 너의 관계(Ich-Du)는 상대방을 순수하게 인격체로 대한다. 문제는 나와 그것의 관계(Ich-Es)인데, 여기서 '나'의 만남의 대상은 '너'라는 인격체가 아니다. 나의 목적과 필요에 따른 네가 가진 '그것'이다. 즉 나는 '너'를 만나는 게 아니라 '그것'이 필요해서 '그것'을 만나는 것이다.

마치 내가 감나무를 볼 때 나무에는 관심도 없이 감만 주시하며 따 먹을 생각만 하는 것처럼.

나는 너와 '나와 너'의 관계이고 싶은데 너는 '나와 그것'의 관계를 원할 경우, 나는 너와의 관계를 이어갈수록 상처받는다. 물론 '그것'쯤 얼마든지 내줄 수 있다. 오랜 친구니까. 그런데 '나의 그것'만 받으려는 친구를 만나면 '나'는 '나'가 아닌 '그것'이 된 느낌이 든다. 그 텅 빈 느낌을 떨칠 수가 없었다.

더 서글프고 안타까운 것은 그 친구와 나는 전에는 분명 '순수한 나와 너의(Ich-Du) 관계'였다는 것이다. 마르틴 부버가 '순수한 관계는 확증될 수 있을 뿐이지 보존될 수는 없다'라고 말한 것처럼 우리의 관계는 잘 보존되지 못하고 서서히 변질된 것이다.

관계의 연결고리는 남았지만 그 안의 생명은 줄어들고 있었다. 우리의 연결고리에 흐르던 서로에 대한 애정이 어느새 필요에 의한 수단으로 바뀌어 간 것을 몰랐다. 어쩌면 이미 예전에 우리의 인연은 인맥으로 변해버린 건지 모른다.

한동안 그 이유를 찾아 고민을 했다. '내가 뭔가 섭섭하게 했나?' '말실수한 적이 있었나?' 곰곰이 되짚어 보기도 했다. 내가 친구에게 했던 사소한 말을 찾아서 스스로 자책도 해보고 분석도 해봤다. 그런데 아무리 생각해도 이유를 알 수 없었다.

그러다가 나도 요즘 누군가를 더 친밀하게 여기고 누군가에게 거리감을 느끼게 된 것을 꼭 설명할 수 없다는 것을 깨달았다. 그저 지금 내 상황을 공유할 수 있는 다른 사람이 생긴 것일 뿐. 또한 그 사람과 시간을 보내는 것만으로도 충만해서 다른 친구들에게 쏟을 에너지가 부족할 수도 있다. 실제로 그 친구는 아이 친구 엄마, 즉 학부모들과 시간을 보내며 아이의 생활을 공유하는 것에 즐거움을 찾고 있었다.

오랜 생각 끝에 원인 분석보다 이제부터 어떻게 해야 할지가 더 중요하다는 생각에 이르렀다. 나 또한 친구를 '그것'으로 대하며 친구에 대한 마음을 비울지. 계속 '너'로 대하며 관계 회복을 위해 애쓸지 말이다.

단, 나는 너를 '너'로 계속 대하며 관계 회복을 위해 애썼는데도 너는 나를 '그것'으로'만' 대한다면, 그래서 불쾌함을 넘어서 허망하기까지 하다면 당분간 거리를 두는 것도 괜찮다고 본다.

※   ※   ※

인연에도 유효 기한이 있다는 말이 있다. 서서히 멀어진 관계는 유효 기한이 다 됐다고 생각할 수 있다. 어쩌면 우리 사이는 이미 과거 완료된 지 오래인데 일 년에 서너 번 만나면서 현재 완료라고 착각했는지도 모른다. 우린 친해왔기 때문에 앞으로도 친해야 한다는 의무감에 서로 만나오는 일은 생명력이 다한 탯줄을 끊지 않고 있는 것과 같다. 그보다는 마음이 내키지 않으면 그냥 관계를 놔 버리는 것도 괜찮다.

친구관계의 밀도가, 서로 함께한 세월과 꼭 정비례하는 것은 아니다. 서로 긴밀한 교감이 이루어지지 않는 상태에서 '우린 친한 거야'라고 서로가 서로를 속일 수는 없으니까. 처한 상황이 변하면 그에 따라 친밀감을 느끼는 대상도 변할 수밖에 없다.

나이 들면서 즐겨 입는 옷의 취향과 사이즈가 변하듯 나와 진정한 소통을 할 수 있는 친구도 바뀔 수 있다. 친구와의 인연이 끝났다고 안타까워할 것만이 아니라 과거의 어느 한 시기를 가꿔 준 친구와의 '시절 인연'을 아름답게 앨범에 간직하는 것. 그런 내려놓음도 필요하다.

그 친구와의 인연은 다했지만 우리에게는 다른 인연이 다가오고 있을 수도 있다. 자연스럽게 문을 열어놓고 인맥을 환기할 필요가 있다. 그리고 그 인맥을 다시 인연으로 이어가는 노력을 해야 한다. 인연이 인맥으로 넘어가는 것을 받아들여야 하는 것만큼 인맥을 인연으로 이어가는 노력도 해야 하는 것 같다.

사춘기, 사랑은 담아두고

믿음은 펼쳐 보이고

다육식물 Succulent plan

건조한 지역에서 살아남기 위해, 줄기
나 잎에 물을 저장하고 있는 식물을 말
한다.

학교 도서관에서 학부모 봉사할 때 일이다. 도서관 한쪽 구석에서 한 학생이 나이 드신 선생님께 혼나고 있었다. 선생님은 학생을 꾸중하면서 얼굴이 벌겋게 달아올라 있었다. 반면에 학생은 고개를 돌려 창문 밖 친구들만 응시하고 있었다.

　그 광경을 보면서 몇 년 전 큰애 사춘기 때 내 모습이 떠올랐다. 말을 안 듣는 아이를 혼내면서 어느덧 난 '혼을 내'지 않고 '화를 내'고 있었다. 그리고 수시로 혼을 내는 듯, 화를 내는 엄마인 나와 아이는 점점 더 멀어져 갔다.

　눈에서 경고의 불빛을 쏘아대며 나를 밀어내는 아이를 보며 난 불나방처럼 더 달려들었다. 내 머릿속에는 보상심리가 있었고 그것은 화를 더 돋우었다.

　'도대체 뭐가 문제지?'

　'나처럼 헌신적인 엄마가 어딨어?'

　'내가 좋아하는 일도 관두고 네 뒷바라지만 하잖아!'

　아들의 머릿속에는 엄마의 애정에 대한 불신이 있었고 그것이 점점 엄마를 밀어내게 했다.

'흥, 나를 위해서라고 말하지만 사실은 나 서울대 보내고 엄마가 자랑하려는 거 아닌가?'

'누가 직장까지 관두고 날 위해 달래? 그냥 엄마의 인생을 살라고. 부담스럽다고!'

되짚어 보면 나의 불만보다 아들의 해석이 더 맞았던 것도 같다. 난 집안의 장손인 큰애 입시를 잘 치르고 싶었다. 당신의 학벌에 대한 자부심과 그에 따른 편견이 심한 양가 부모님 생각도 쉽게 떨쳐내지 못했던 것 같다. 그 마음속엔 '이것 좀 보세요. 전 이렇게 잘 해냈어요'라고 으스대고 싶었던 건지도 모른다. 물론 그게 다는 아니었지만 분명히 그 감정이 포함돼 있었다.

잘못된 목표 설정은 과정까지 변질시켰다. 학부모 모임은 비교의 장이 됐다. 모임 뒤 집에 돌아오면 아이보다 더 열심히 공부하는 다른 아이 이야기를 들이대며 아이를 채근하기 바빴다. 예민한 큰아이는 엄마 잔소리의 순도를 명확하게 짚어냈고 난 아들의 순도 테스트에서 탈락했다. 그만큼 엄마의 말은 우산 위 빗방울처럼 겉돌곤 했다.

얼마 동안이나 무의미한 전쟁을 치렀을까? 점점 지쳐가고 있었다.

어느 날, 여느 때처럼 인터넷 카페에서 입시 정보를 모으고 있던 중이었다. 무심하게 조회수가 높은 글을 클릭해보니 거기엔 출처가 불분명한 퍼온 글이 있었다.

수능날 아침, 수능 점심시간에 먹을 도시락으로 미역국을 싸준 한 어머니의 이야기였다. 도시락엔 어머니의 쪽지도 들어있었다.

"네가 수능을 망친다면 그건 미역국을 싸준 엄마 탓이야. 그러니 넌 마음 놓고 시험 봐(기억이 정확하게 나지 않고 이 글은 출처를 찾을 수도 없어서 밝힐 수 없다)."

컴퓨터 화면만 보다 뻑뻑해진 눈에 열기와 물기가 차올랐다.

'아, 엄마는 저래야 하는 거구나. 난 항상 아이를 위한다고 하면서도 아이를 통해 나를 위하고 있었구나.'

아이 사춘기로 힘든 만큼 사춘기에 관한 책은 다 섭렵했던 내게 가장 큰 울림을 주었던 글이었다.

그 뒤 큰아이한테 고정했던 나의 채널을 다른 것에 돌렸다. 요가를 시작했다. 잔소리는 다섯 번 중 네 번은 삼키고 한 번은 짧고 명료하게 했다. 아이의 눈에 켜졌던 경고등은 빨간색에서 주황색으로 잦아들더니 어느새 초록색으로 자리 잡았다.

그즈음부터 작은아이와 일주일에 한 번씩 꽃시장에 가곤 했다. 큰애 일정에 맞춰야 하기 때문에 외곽으로 놀러 갈 시간이 안됐다. 작은아이는 꽃시장에 가면 다육식물 파는 가게 앞에 쪼그리고 앉아 한참을 구경했다.

검은 고무주머니에 담긴 다육식물을 한 아름 골라 담은 아이한테 "만날 죽이지 말고 제대로 된 큰 화분을 사봐"라고 했지만 작은아이는 고개를 저었다.

아이는 집에 오자마자 책상 앞에 다육이를 놓았다. 그 다육이는 정확히 2~3주면 죽어버리곤 했다. 여린 감성의 작은아이는 정성껏 물을 줬지만 다육이에겐 버거운 양의 물이었다. 다육이는 물을 많이 원하지 않는다. 가끔, 어쩌다가, 원할 뿐이다.

아이는 자신이 보고 싶은 책상 위에 다육이를 놓고 늘 바라봤지만 정작 다육이가 원하는 자리는 벽을 바라보는 책상 위가 아닌 창가 자리였다.

작은아이는 다육이가 원하는 방식이 아닌 자신이 사랑하고 싶은 방식으로 다육이를 사랑했다.

물은 적게 필요로 하고 햇볕은 많이 필요로 하는 다육이한테, 물은 자주 주고 햇볕으로부터 등지게 놓았던 것이다.

다육이가 필요로 하는 햇볕은 '믿고 지켜보는 사랑'이고
다육이가 조금만 허용하는 물은 '침범하는 사랑'이다.

다육이 뿌리가 흔들흔들 썩어가는 걸 보며, 안타까워하던 작은아이 모습에 엄마를 밀어내는 큰아이를 마주하며, 좌절했던 나의 모습이 겹쳐졌다.

우리는 둘 다 상대방의 마음을 읽는 데 실패했었다.

다육이의 마음을 읽기보다, 다육이를 자신의 소유물로 여겼던, 작은아이의 마음이 문제였다.

큰아이의 마음을 헤아리기보다, 큰아이를 내 전시물로 봤던, 내 마음이 문제였다.

그래서 우리는 거부당했던 것이다.

그즈음부터 작은아이 방 베란다에 다육이를 놓았다.

문을 열면 책상 앞에 앉아 딴짓하던 아이에게 일차적으로 시선이 머문다. 재빨리 시선을 거둬 다육이에 보낸다. 다육이가 가르쳐준다.

'물은 조금, 햇볕은 많이.'

하려던 잔소리를 삼키고 문을 다시 닫는다.

엄마 주도 학습 아닌

자기 주도 학습

덩굴식물

줄기가 가늘고 길게 자라면서 다른 식
물이나 물체를 걸치거나 감아서 생활
하는 식물을 말한다.

'엄마 이거 봐도 돼?'라고 엄마한테 허락을 구하던 아이가 어느 순간 '내가 알아서 할게'라고 선을 긋는다. 마음에 서늘한 바람이 휑하고 지나간다. 이제 엄마인 내가 관심을 가지면 그 관심을 참견으로 느끼는 것 같다. 같이 누워서 이 이야기 저 이 야기하던 때가 엊그제 같은데 이제 아이 말수가 줄어든다.

아이가 좋아하는 반찬을 놓고 식사할 때 틈을 타서

"요즘 어때? 오늘 점심은 누구하고 같이 먹었어?"라고 물으면

"그냥 다 같이 갔어요"라고 답이 없는 답을 한다. 설마 반 친 구 다 같이 갈 리는 없지 않은가. 구체적인 대답을 원해서 질문 하면 뭉뚱그려 답해준다.

상태가 이러니 공부하라는 말은 더 흡수되지 않고 팅겨져 나간다. 큰아이 중학생 시절, 아이가 중학생이 됐다는 사실에 왠지 모를 부담감과 비장함마저 느꼈던 나는 갑자기 동네 학원 을 돌아다니며 설명회도 참석하고 공부법도 연구했다. 그 내용 을 아이한테 말해주며 아이가 학업의욕을 불태우길 바랐다.

"수학은 말이야. 오답노트 관리가 핵심이래. 여기 오답노트

사 왔어. 여기다 써봐."

　"..........네."

　"아니. 오답노트가 왜 이렇게 깨끗해? 너 오답노트 정리
안 해?"

　"...알았다고요."

　설명회 다녀올 때마다 아이한테 입시에 성공한 선배들의 이
야기를 장황하게 들려줬다. 그런데 이게 웬일인지...... 엄마인
내가 열정적으로 아이 학습에 관여할수록 아이는 점점 더 공부
에 흥미를 잃었다. 마치 아이한테 엄마 집안일을 도와 달라고
시킬 때처럼 자신의 공부에 건성으로 대했다. 엄마로서 아이의
학업에 마음을 내려놓으려고 했지만 사실 쉽지 않았다. 잘라도
또 자라나는 머리카락처럼 자꾸 잔소리를 하고 싶은 마음이 생
기곤 했다.

⸎　⸎　⸎

　집에서 한 10분쯤 걸어가면 나오는 산책로가 있다. 산책로
를 따라 언덕을 올라가다 보면 돌담에 나뭇잎이 붙어 있다. 곧
게 뻗은 나무줄기는 온 데 간 데 없고 넝쿨만이 뻗어 있었다. 그
모습이 신기해서 집에 와서 찾아봤다. 곧게 설 수 없는 줄기의

1 4 2

약점을 키 큰 식물을 기둥으로 이용해 살아가는 '덩굴식물'이라
고 한다.

> 덩굴식물은 주변의 기둥이 될 만한 버팀목만 있으면 줄
> 기에 부착하거나 감고 올라가 충분한 광선과 생활공간을
> 확보한다. 곧게 설 수 없는 덩굴줄기의 약점을 키 큰 식물
> 을 기둥으로 이용하는 생존 전략으로 극복한 것이다. 사
> 람 못지않게 무서운 적은 칡을 포함한 덩굴식물이다. 칡
> 은 주변의 키 큰 나무가 있으면 이를 기둥 삼아 감아 올
> 라간다. 빠르게 기둥을 감아 올라간 칡은 가지를 치고 넓
> 은 잎을 많이 달아 기둥 나무를 뒤덮는다. 끝내는 칡의 잎
> 이 기둥 나무를 덮어 버려 햇빛을 받을 수 없는 나무는
> 광합성을 할 수 없어 죽게 된다.
>
> — 네이버 지식백과

　　이 내용을 보고 '도움을 주고받는 관계'에 대해 생각해 보게
됐다. 줄기가 위로 곧게 자랄 수 없어서 키 큰 나무를 기둥 삼아
감고 올라가며 사는 덩굴나무. 키 큰 나무가 없었다면 성장은
물론 생존도 불가능했을 텐데...... 덩굴식물은 자신을 도와준 키
큰 나무를 덩굴의 잎으로 뒤덮어서 광합성을 받을 수 없게 한다
니 섬뜩한 기분이 들었다.

'누군가를 도와주고 상대방이 고마운 줄 모르는 것도 속상한데 도와주고 나서 내가 극도의 피해를 입을 수도 있다니 겁나네' 이런 편협한 생각에 이르러 웅크리게 됐다.

그런데 가만 생각해 보니 멀리 갈 것도 없다. 부모와 자식 관계에서 자식을 제대로 독립시키지 못하면 자식이 덩굴나무가 되어 부모의 나무 기둥을 휘감고 올라갈 수 있다. 반대로 부모도 마찬가지다. 부모로서 자식으로부터 정신적으로 분리하지 못하면 자식에 심적으로 기대어 덩굴나무처럼 자식 인생을 휘감을 수 있다.

사춘기 아이가 엄마인 나로부터 정신적으로 독립하려는 것을 내심 서운해했다. 그런 나부터 정신적으로 아이와 분리해야겠다는 생각이 들었다.

서로를 위한 아름다운 독립. 그건 어느 한순간에 이루어지는 게 아니라 단계가 필요하다. 우선 아이의 영역과 나의 영역을 분리하는 연습이 필요했다. 사춘기 아이들과 엄마가 가장 갈등을 많이 일으키는 자녀 학업에 대한 고민부터 시작했다.

꿐   꿐   꿐

아이가 사춘기에 들어서자 전보다 더 잔소리를 하게 됐다.

그러고 나면 늘 후회와 자책이 밀려들었다. 아이는 아이 나름대로 열심히 하고 있고 누구보다 아이가 힘들다는 걸 알고 있기 때문이다.

그러다가 아이가 4살이었을 때 유럽으로 여행 갔던 기억이 났다. 그때 장난꾸러기 아이를 통제하려고 아이와 나의 손목을 이어주는 고무줄 밴드를 착용했었다. 아무 곳으로나 마구 달려 나가려던 아이를 밴드는 어김없이 잡아 주었고 그 덕분에 무사히 여행을 마칠 수 있었다.

사춘기 아이로 마음이 부대끼던 어느날, 그 당시 사용했던 밴드가 생각났다.

'아이는 사춘기가 됐는데 나는 아직도 유럽여행 때 사용했던 그 고무줄 밴드를 매고 생활하고 있는 건 아닐까?'

조목조목 짚어보니 아이와 나를 묶는 심리적 밴드를 풀지 못했던 경우가 떠올랐다.

마음이 괴로울 때마다 그 원인은 나도 아니고 아이도 아니고 그 밴드 때문이란 걸 알게 됐다. 사춘기가 되어 엄마와 자연스럽게 멀어지는 아이를 심리적 밴드로 당기고 있기 때문에 당기는 힘만큼 조여 왔던 것이다. 엄마와 아이를 묶는 심리적 밴드는 저절로 풀리지 않는다. '내려놓음'이란 마음수련을 통해서 서서히 풀린다. 아이에 대한 걱정과 불안을 비워낼 때 비로소 그 심리적 밴드가 풀린다.

사춘기는 아이가 서서히 정신적으로 독립해 나갈 시기이다. 아이 혼자 걸어가며 넘어지지 않게 잘 지켜보는 게 엄마의 임무인데 자꾸 아이 손을 꽉 잡고 있었다. 되돌아보니 아이가 시행착오를 겪을까 봐 초조했기 때문이었다. 그 초초한 마음을 누르고 아이를 믿고 기다리는 것이 정신적으로 독립하는 길이다. 초조함을 극복하지 못하고 계속 엄마가 아이를 끌고 나가면 엄마도, 아이도 서로에게 분리하지 못하고 독립할 수 없다. 마치 덩굴식물처럼.

어쩌면 아이 학습에 있어서 엄마와 아이의 주도권이란 건 줄다리기와 비슷한 건지 모른다. 아이와 엄마가 양끝에서 줄을 잡아당긴다. 엄마는 아이 자신이 스스로 의욕을 가지고 공부하기를 바란다. 그러면서 아이 공부에 있어서 엄마가 아이보다 한 발 먼저 앞서서 당긴다.

엄마가 온 힘을 다해 줄을 잡아당기면 아이는 힘을 발휘하지 못한 채 주르르 끌려가게 된다. 아이 학습이라는 그 줄에서 엄마가 힘을 더 세게 주면 아이가 엄마 쪽으로 당겨지는 '엄마 주도 학습'이 돼버린다.

반면 엄마가 힘을 빼면 아이가 줄을 잡아당기는 쪽으로 움직이게 된다. 그 힘의 유력감에 아이의 의지는 솟아난다. 엄마인 내가 아이 학업에 힘을 줄이고 한 발자국 뒤로 물러서자 아이가 나서서 줄을 힘껏 당기기 시작했다. 그게 바로 아이 자신의 자기 주도 학습이다. 자기 주도 학습의 자기는 아이 자신이다. 아이 자신이 주도하려면 엄마가 막강한 주도권을 슬며시 내려놓아야 한다. 일단 엄마가 힘을 빼보니 의외로 아이의 손아귀에 힘이 들어가는 기적을 맛볼 수 있었다.

혹시 아이가 넘어진다 해도 다시 일어설 때까지 기다려 주는 것. 이렇게 아이 성장에 맞게 엄마도 역할을 변형하는 연습이 필요했다. 그 이후, 나는 아이 학업에서 한 발자국 뒤로 물러서 봤다.

"이번 시험 준비는 스스로 해봐. 필요한 학원 있으면 말하고."

학원을 선택할 때도 최종 결정권은 아이한테 맡겼다. 나는 그저 여러 선택지를 전달해 줄 뿐이었다. 아이는 자신이 직접 선택한 학원을 더 열심히 다녔고 필요 없다고 생각하는 학원은 과감하게 끊었다.

엄마가 아이 손을 놓고
아이를 믿고 지켜보는 시간이 쌓이면서
엄마는 엄마대로
아이는 아이대로
서로가 서로의 덩굴나무가 아닌
각자 우뚝 솟은 소나무가 될 수 있을 것이다.

이제는 나도

관심이 필요하단다

수국 Hydrangea macrophylla

장미목 범의귀과의 낙엽관목으로 관상
용으로 많이 심는다.

몇 해 전 아버지께서 돌아가셨다. 돌아가시기 전 13년간 암투병 생활을 하셨다.

13년 전 암에 걸리셨단 연락을 받고 병원으로 뛰어가던 날과 그 후로부터 13년, 돌아가셨단 연락을 받고 달려가던 날을 회상해 보면 이상하리만치 비슷하다.

분명 달랐어야 했다. 13년 동안이나 마음의 준비를 했어야 하니까. 그럼에도 난 장례식장에 상복을 입고 나서야 비로소 깨달았다.

'난 한 번도 이 상황을 머릿속으로 상상했던 적이 없구나.'

암에 걸리신 아버지를 10년 넘게 지켜보는 동안 장례식장에서 아버지의 死와 나의 生이 동시에 존재하는 그 순간을. 아버지의 꺼져버린 육체, 아직 어딘가를 맴돌고 있을 영혼을 뒤로하고, 아버지가 가시는 길을 찾아온 조문객을 맞이하는 그 순간을. 맞이하게 될 거라고는 미처 생각해보지 못했다.

애써 피해왔던 건지,

일부러 접어두었던 건지 모르겠다.

지난해 4월 말, 코로나로 꽃시장에 가기도 꺼려지던 시기. 우연히 인터넷에서 원예 사업하시는 분들이 힘들다는 글을 봤다. 어느 인터넷 카페에서는 힘든 원예농가 돕기 운동이 불고 있었다. 집콕 생활로 꽃시장에 가본 지 오래됐고 좋은 취지인 것 같아서 인터넷에 뜬 농장으로 연락해 수국을 주문했다.

며칠 후 택배로 도착한 수국은 농장 주인의 애정 어린 보살핌을 받은 흔적이 고스란히 남아 있었다. 싸고 싸고 또 싸고. 마치 겨울에 태어난 갓난아기의 첫 예방접종을 가는 엄마가 아기를 겉싸개로 모자라 담요로 징징 감은 것처럼 수국은 박스 안에 그렇게 동여매져 있었다. 주인이 소중하게 보낸 아이를 맞이한 내 마음은 경건해졌다. 거실 한쪽에 놓고 물을 흠뻑 주었다. 그렇게 너무나 곱게 핀 수국을 보며 행복했다.

어느 날 저녁 즈음 문득 돌아본 수국 꽃잎이 거뭇거뭇해져 있는 것을 발견하기 전까지는.

이상하다. 충분히 물을 주었는데...... 수국은 여느 꽃보다 물을 많이 필요로 한다. 그때까지 식물 키우기의 실패 원인을 분석해보고 '내가 너무 물을 자주, 많이 주는 게 문제였다'라고 잠정 결론 내렸던 참이었다.

그 섣부른 판단은, 물을 보통 이상으로 많이 필요로 하는 수국에 어설프게 적용됐고 지난날 물을 많이 줘서 떠나보낸 아이들과 다른 이유로 수국을 떠나보냈다.

> 수국의 학명 Hydrangea는 그리스어로 '물'이라는 뜻이며, macrophylla는 '아주 작다'는 의미를 가지고 있다고 한다. 이름에서도 알 수 있듯이 수국은 물을 엄청 좋아하는 식물이다. 특히 꽃이 피어 있는 동안 물이 부족하면 꽃이 금방 지거나 말라 버릴 수 있으니 물주기에 특별히 신경을 써야 한다.
>
> — 다음 백과

시들어 떠난 수국을 치우고 나서 돌아가신 아버지가 생각났다. 7, 8년 전 사춘기 아들이 필요 없다는 관심을 쏟아 부어 갈등을 일으켰던 내가, 아버지께는 얼마나 관심을 가졌던가. 사춘기 아들에게 주었던 관심을 투병 중이셨던 아버지께 더 드렸어야 했는데...

내 애정은 간섭으로, 내 충고는 참견으로 밀어내는 사춘기 아들에게는 쓸데없이 다가가고 정작 내 관심을 그리워하던 아버지께는 점점 무심해졌다.

마치 물이 필요 없다는 다육이에게는 물을 자주 주고
물이 많이 필요한 수국은 물을 덜 준 것처럼,
사랑의 엇박자가 일어났다.

사실 난 어머니보다 아버지를 더 잘 따르는 딸이었다. 어머니가 나를 바라보는 눈빛은 늘 초점이 흐렸다. 어머니의 눈에 비친 나는 항상 두 개의 형상이었기 때문이다.

'현재의 나'와 '어머니가 원하는 미래의 나'. 두 겹으로 펼쳐진 나를 바라보는 어머니의 눈동자에는 늘 꺼내고 싶은 말이 담겨 있었다.

반면에 아버지의 눈빛에는 늘 '그대로의 나'가 제대로 초점 맞춰져 있었다. 그 눈빛을 보고 자라서 난 늘 편안했다.

아버지가 유일하게 싫어하셨던 것은 샀던 물건을 바꾸는 일이었다.

"한 번 산 물건은 바꾸지 말고 써. 물건을 샀을 때, 네 선택을 책임져야 하는 거야."

구입한 물건을 교환하는 것을 엄청 싫어하셨다. 그 덕에 언니와 나는 산 옷을 교환할 때는 조심조심했어야 했다. 물건 교환하러 나갈 때, 쇼핑백을 감추느라 애썼던 기억엔 늘 아버지의 모습이 자리 잡고 있었다.

아버지는 그렇게 과거와 현재, 미래를 잘 분별하셨다. 이미 내놓은 카드는 잘 돌아보지 않으셨다. 잘 뒤집지도 않으셨다. 기웃거리지조차 않으셨다. 앞으로의 모습에 현재를 꿰어 맞추지도 않으셨다. 그래서일까? 한 직장에서 35년 넘게 일하시고 퇴임하신 아버지께도 고단함이 있을 거란 생각은 해본 적이 없었다.

그렇게 순간에 충실하던 아버지도 암에 걸리시고는 무너지셨다. 평생 출근 전 운동하고 사우나 하고 나가실 정도로 자기 관리에 엄격하신 분이 암 진단을 받고 삶에 배신감을 느끼신 모양이다. 한동안 우울해하셨다.

> 수국은 산성 토양에서는 파란색, 염기성 토양에서는 분홍색 꽃이 핀다고 한다. 또한 토양의 비료 성분에 따라 꽃 색깔이 달라지는데 질소 성분이 적으면 붉은색, 질소 성분이 많고 칼륨(칼리) 성분이 적으면 꽃 색깔이 파란색으로 변한다고 한다. 그 때문인지 수국은 '변덕'과 '진심'이라는 양면의 꽃말을 가지고 있다고 한다.
>
> — 다음 백과

토양의 산, 염기성에 따라 꽃의 색이 변하는 수국처럼, 아버지는 가족들의 관심과 애정에 따라 쉽게 기분이 바뀌셨다. 평생 안 그러시던 분이 관심을 필요로 하고 서운해하셨다. 때로는 짜증도 내셨다. 꼿꼿하시던 분이 아이로 돌아가는 것 같았다.

더 힘들었던 것은 그런 아버지를 지켜보는 내가 지쳐갔다는 것이다. 아버지의 서운함을 애써 읽지 않은 적도 있다. 바쁘다는 핑계로 편찮으신 뒤 일주일마다 하던 친정 방문을 거르기도 했다. 아이 대입에서는 플랜 B, C를 세워가며 철두철미하던 내가 갑자기 아버지의 노환에는 세상 순응적으로 변해갔다. 아버지의 아픔에 차츰 둔해지는 내가 실망스러울 때도 있었다.

𝙡𝙡 𝙡𝙡 𝙡𝙡

아버지께서 떠나시고 어느 날은 대낮에 소파에 앉아 '오늘따라 햇살이 너무 시리네' 하며 햇살 탓을 하기도 했다.

그러다가 며칠 전 카디건을 하나 사 가지고 집에 들어왔다.

매장에서 본 색상과 집에서 거울에 비춰본 색상이 묘하게 달랐다.

'괜히 샀나?'

'내일 가서 바꿀까?'

하려다 아버지가 생각났다.

"한 번 산 건 그냥 쓰는 거야."

분명 아버지였다.

옷을 옷걸이에 걸어 옷장에 넣어둔다.
옷을 살 때의 내 결정을 책임지라던
아버지의 말을 따르고 싶었기 때문이다.

아버지는 곁에 없어도 문득문득 나를 찾아오신다.
내 인생의 나침반이 돼 주신다.
"이럴 때는 뭐가 맞을까? 아빠."
조용히 손가락으로 짚어주신다.
그 손가락의 끝을 따라 걸어간다.

내향적인 성향은 약점이 아닌 특징이에요

맥문동 Liriope platyphylla

백합목 백합과로 뿌리의 생김새에서
이름이 붙여졌다. 뿌리는 한방에서 약
재로 사용된다.

중학교 시절 2교시 끝난 뒤,

"빨리 와. 먼저 가서 줄 서 있을게."

친구 M은 언제 일어났는지 벌써 교실 앞문을 통과하며 뒤돌아 소리를 지른다.

"응." 하며 뒤따라 달린다. 2교시가 끝나면 매점 문을 연다.

아침 내내 엄마가 '한 숟가락만 더 먹어' 하면서 식탁에서 방까지 쫓아왔지만 그때는 입맛도 식욕도 없던 내가, 등교 뒤 두 시간 공부(?) 아니 졸았다고 갑자기 마라톤을 뛴 사람처럼 허기져 있었다.

친구들과 엎치락뒤치락 뛰어 매점 앞에 도착한 뒤 각자의 식량인 빵과 우유를 사들고 돌아 나왔다. 무슨 이야기를 해도 까르르 웃으며 복도를 지나서 교실에 도착할 즈음엔 이미 빵은 사라지고 없었다.

허기진 배를 채우고 평온하게 교실에 들어섰다. 그때 텅 빈 교실 구석에서 연습장에 그림을 그리고 있던 친구 K가 눈에 들어왔다. 창가도 아닌 교실 뒷문 바로 옆자리. 그곳은 평소에 눈

길이 잘 미치지 않는 곳이었다. 순조롭게 매점 줄 서기와 간식 섭취 미션을 성공한 탓이었을까? 갑자기 마음이 열리면서 나도 모르게 다가갔다.

"와, 진짜 만화책에 나오는 그림 같아. 황미나 만화가 그림, 그거랑 똑같아."

"그래?" 하며 친구는 눈도 안 마주치고 오른쪽 입꼬리만 살짝 들어 올렸다. 그리고는 더 깊숙이 고개를 숙여 그림을 그렸다. 난 그 앞에 서서 멍하게 친구의 그림을 한동안 바라봤다.

다음날 매점에 가기 전, 난 가다 말고 뒤돌아서서 친구 K를 쳐다봤다. 여전히 구석진 자리에서 그림만 그리고 있었다. 그날 난 빵 하나 우유 두 팩을 사 가지고 왔다. 우유 한 팩은 복도에서 마시고, 나머지 한 팩을 교실에 앉아 있는 K에게 건넸다.

"이거 마실래?"

관계 맺기에 식물스러운 내가 평소와 달리 먼저 손을 내밀었다. 친구 K는 그렇게 우리 친구팀(?)에 합류했다. 그 이후 수십 년간 절친으로 지내고 있다.

내 친구 중에는 외향적인 친구도 있고 내향적인 친구도 있다. 그런데 속마음을 터놓고 싶은 일이 있을 때면 제일 먼저 생각나는 친구는 K다. 오랜 세월 친구와 감정을 나누며 체득한 나만의 편견이 있다면, 주변에 너무 사람이 많고 활발한 친구에게 내 깊은 속 이야기를 하면, 그 친구가 의도하지 않았더라도 그 이야기가 퍼질 가능성이 있다.

반면 나만의 고민, 나만의 기쁨이 다른 색으로 채색되길 바라지 않을 때는 K를 찾게 된다. 그 친구는 내 이야기를 자신의 판단 필터를 통하지 않고 듣는다. 그리고 저장해 뒀다가 빛바랜 색으로 방출해 나를 당황하게 한 적도 없다. 마치 바닷가에서 편지를 유리병 안에 곱게 담아 바닷물에 흘려보내듯이 그렇게 말할 수 있다.

⚘   ⚘   ⚘

지난여름의 끝자락. 재활용품을 버리러 나갔다가 아파트 화단 구석에 못 보던 꽃을 보았다. 그 구석 자리는 매년 꽃이 폈다가 바로 시드는 그늘진 곳이었다. '어, 꽃이 피었네' 싶다가 다음에 지나갈 때 보면 이미 시들어 있곤 했다. 그래서인지 그 자리는 한동안 비어 있었다. 비어있던 자리에 들어선 꽃이 반가워 다가갔다. 특이하게도 길쭉하게 생겼다. 휴대전화를 들고 꽃을 검색해 봤다. 맥문동이었다.

맥문동은 그늘에서도 잘 자라는 음지식물이다. 음지식물은 식물의 성장에 필요한 최소한의 빛의 양이 양지식물보다 낮다. 음지식물의 중요한 특징 중 하나가 호흡 속도가 느리다는 것인데 이로 말미암아 조명도가 낮은 여건 아래에서도 정상적으로 유지할 수 있다고. 형태적인 특징으로는 잎이 더 넓고 얇은 것이라고 한다.

— 다음 백과

음지에서 곱게 핀 맥문동은 내향적인 성격의 내 친구를 떠올리게 했다. 교실 구석에 앉곤 했던 친구 K와 그늘진 곳에 피어 있는 가느다란 맥문동은 자리 잡은 곳까지 비슷했다. 주목받는 것을 싫어해서 항상 조용히 말하지만 어느 누구보다 타인의 말을 귀 기울여 들어주는 친구의 모습과, 넓은 잎으로 햇빛을 온전히 받아들이는 맥문동의 모습은 상당히 닮아 있었다. 잎이 넓다는 것은 햇빛을 폭넓게 받아들이려는 의지일 것이다. 그런 맥문동의 모습에 귀를 활짝 열고 친구의 말에 귀 기울이는 친구의 모습이 겹쳐졌다.

햇빛이 있으면 그늘이 생길 수밖에 없다. 모두 다 햇볕만 쬐려고 한다면 자리다툼도 심할 것이며 건물 아래, 상록수 아래, 숲 속 깊숙한 곳에서 꽃을 보기 어려울 것이다. 햇빛이 닿지 않아도 자신의 잎을 넓게 펼쳐 그늘에서 꽃을 피우는 맥문동은 우

햇빛이 있으면
그늘이 생길 수밖에 없다.

리 일상 속 그늘을 아름다움으로 채워주는 귀한 존재다. 조용히 구석에서 그림을 그리다가 친구의 속 깊은 고민을 귀담아 들어주는 친구처럼 말이다.

⁂

맥문동 닮은 친구 K가 아이의 엄마가 되고, 어느덧 그 아이 (G라고 하겠다)가 중학교에 들어갔다. 그즈음부터 K는 만날 때마다 G 걱정을 하곤 했다. 학부모 참관 수업에 가서 보니, G 성격이 내향적이라서 학교에서 모둠 수업 뒤 발표를 잘 못하는 것 같다고 했다.

중학교는 지나간다고 해도 나중에 회사에 가서 프레젠테이션은 어떻게 하냐는 것이었다. K는 점점 불어난 걱정에 금세 짓눌려버릴 것 같았다. 급기야 G가 리더로서의 자질이 부족해서 사회에 나가 큰 인물이 되지 못하면 어쩌냐고 했다. 평소에 감정 기복이 심하지 않은 친구가 털어놓는 고민이라 더욱 마음이 쓰였다. 그 고민을 듣고 뭔가 그럴듯한 해답을 찾고 싶었던 나는 책을 한 권 사서 건네줬다.

수잔 케인의 《콰이어트》란 책이다. 저자 수잔 케인은 하버드

법대를 우등생으로 졸업한 뒤 변호사로 일하다 내성적인 자신의 성격이 직업과 어울리지 않는다고 생각했다. 그녀는 수년간의 연구와 수많은 사람과의 인터뷰를 통해 내향성이 얼마나 위대한 기질인지 스스로 증명해 보기로 했다. 그렇게 탄생한 책이 《콰이어트》란 책이다.

수잔 케인은 《콰이어트》에서 외향적 성향에 대한 일반적인 찬양에 조목조목 의문과 반론을 제기한다. 특히 외향적인 성격 소유자의 장점이라고 알려진 '리더십'에 대한 이야기가 흥미를 끈다. 리더십이라는 것은 조별 학습, 팀별 수업, 프로젝트 활동을 많이 하는 현대사회에서 내향적 성격 소유자를 의기소침하게 만들었던 항목이다. 이 책은 내향적 성격 소유자가 리더십이 부족할 것이라는 편견을 한 방에 날려버릴 수 있을 만큼 상당히 설득력이 있다.

> 외향성과 리더십 사이의 상관관계는 미미하다고 나온다. (중략) 내향적인 지도자는 능동적인 사람들이 직원일 때, 그들을 이끄는데 더 잘 맞는다고 한다. (중략) 상대방의 말을 잘 듣고 상황을 지배하는데 무관심하다는 성향 때문에 내향적인 사람들은 다른 사람들의 제안에 귀를 기울이고 그것을 시도해볼 확률이 높았다. (중략) 반면 외향적인 사람들은 자신의 흔적을 남기는데 몰두하다 보니 다

른 사람들의 좋은 아이디어를 놓치고 사람들이 수동성에 빠져들도록 할 소지가 있다. 외향적 지도자들은 자신이 말을 많이 하게 되고 사람들이 제시하려고 하는 아이디어를 전혀 듣지 않게 될 때가 많다. 외향적인 지도자들은 수동적인 팀원들과 함께 일할 때 훨씬 나은 결과를 보여준다. (중략) 내향적인 성향의 리더는 사람들의 제안에 귀를 기울이고 그 제안을 시도해 봄으로써 사람들의 능동성이라는 선순환을 일으킨다는 것이다.

—《콰이어트》중에서

책 내용에 따르면 내향적인 성향의 리더는 팀원의 제안에 귀를 기울이고 그 제안을 시도해 봄으로써 팀원의 능동성을 더 활성화시켜주는 선순환을 일으킨다는 것이다. 외향적인 성향의 리더가 자신의 주장을 펴다가 팀원들을 수동적으로 변화시킬 위험이 있는 것과 대조적인 모습이다.

아이의 내향적인 성격으로 걱정을 하는 경우가 많다. 외향적인 성격을 우월한 성격으로 보고 내향적인 성격을 열등한 성격으로 보며 아이를 다그치기도 한다. 학부모 참관 수업에 가서 아이의 수업을 지켜보다가 아이가 발표를 잘 못하면 엄마가 시무룩해지기도 하고, 아이가 모둠 수업에서 적극적으로 참여하지 않고 혼자 앉아있으면 교실 뒤에 서있던 엄마가 '말을 하라고!' 속으로 주술을 걸어보기도 한다.

엄마의 그런 일방적인 압력이나 은밀한 바람은 아이에게 부담감만 얹어 줄 뿐이다. 아이가 자신의 성격에 대한 부정적인 생각을 가지고 점점 더 위축될 수도 있다. 엄마는 아이의 모습을 보고 속상하고 아이는 엄마의 모습을 보고 더 버거워지는 악순환이 일어나지 않기를 바란다.

내향적인 성향은 극복해야 할 약점이 아니고 외향적인 성향은 도달해야 할 목표도 아니다. 내향적인 성격은 외향적이지 못한 게 아니다. 그저 내향적인 것이다.

내향적인 성격은 약점이 아니라 특징일 뿐이다.

고통이 의미가 있다는 말, 흘려듣곤 했죠

단풍

계절에 따른 날씨의 변화로 녹색인 잎
이 빨간색, 노란색, 갈색 등으로 변하는
현상을 말한다.

되돌아보면 39살이던 때, 참 힘들었다. 그전까지는 인생이
점차 나아질 거라는 막연한 희망과 기대가 있었다. 아주 획기적
이지는 않아도 완만한 상승곡선 정도로는 발전하기를 바랐다.

　그런 희망에 대한 바람이 의심으로, 의심이 절망으로 변해
간 것은 39살 즈음이었다. 왠지 지금까지 애써서 올라왔다면 이
제부터는 내려갈 길밖에 없는 것 같았다. 내 젊음, 커리어, 건강,
여성으로서의 아름다움, 이제부터 뭐 하나 더 좋아질 리가 없다
고 생각했다.

　'이렇게 죽 하향세로 가다가 인생이 끝나는구나' 싶은데 딱
히 끌어올리거나 뒤로 돌릴 방안도 떠오르지 않았다.

　무기력함과 절망과 우울의 3종 세트를 짊어지고, 이 사람 저
사람을 만나면서 하루하루를 분망하게 살았다. 치열하게 사는
것과 분망하게 사는 것은 다른데 난 분망하게 살면서 치열하지
않은 것을 애써 덮었던 것 같다. 그 당시엔 약속이 없으면 허전
하곤 했다. 이 친구, 저 친구를 만나면서 속마음을 주고받으며
위안받으려던 시절이었다. 그런데 친구를 만나서 아무리 내 속

을 털어놔도 달라지지 않았다. 속마음을 털어내면 털어낼수록 오히려 더 텅 빈 느낌이었다.

그즈음 졸업한 대학 과사무실에 가게 됐다. 학교에 남은 동기에게 전해줄 것이 있어서다. 오랜만에 들른 과사무실 문을 열고 들어서는데. 대학 때 전공과목을 가르치신 교수님이 계셨다.

"오.....(한참 뚫어지게 쳐다보시다) 이게 누구야. 예뻤던 ○○ 아냐?"

"................ 아, 네. 안녕하셨어요?"

그 이후 여러 근황을 물으셨고 난 다소곳이 대답했다. 교수님이 과사무실을 나가고 친구를 기다리는데, 머릿속에 단어 하나가 둥둥 떠다녔다.

'예뻤던, 예뻤던..... 예뻤던? 예뻤던!'

'예쁜'도 아니고 '예뻤던'은 뭔가? 과거 완료 아닌가? 과거 완료와 현재 완료의 차이는 현재 상태의 지속 여부인데. 지금은 안 예쁘다는 것을 저렇게 명확하게 선 그을 수도 있구나.

뭐, 사실 그 당시 아이 둘에, 직장에, 지칠 대로 지쳐서 나보고 예쁘다고 하면 더 가식이라고 느꼈을 때이긴 하다. 그럼에도, 굳이 과거와 현재를 극명하게 대조시키는 저 화법에 묘한 감정이 들었다.

예뻤던..... 뒤끝 있는 나는 '나도 한때 좋아했던 교수님이라고 할걸...' 싶기도 했다.

39살의 우울의 나날은 가을에 들어서자 절정에 이르렀다. 39살의 난, 곧 닥쳐올 40대, 50대의 모습을 상상하곤 했다. 완경을 맞이한 갱년기 여성의 모습에선 어떤 희망도 읽을 수 없을 것 같았다. 늘 푸른 소나무가 불로장생을 의미한다면 단풍나무는 일정 주기로 변하는 걸로 봐서 단풍이 드는 시기가 인생의 단계 중 중년에 해당할 것이다.

　　검은색 멜라닌 색소가 빠져나간 중년의 희끗희끗한 머리와 엽록소의 양이 줄어 녹색이 사라진 단풍이 왠지 비슷해 보였다. 그래서인지, 가을에 단풍을 보고 있으면 우울감의 농도는 짙어졌다. 그 당시 난 늙는다는 사실보다 늙는 것에 대한 두려움에 짓눌려 있었다. 그렇게 39살의 가을을, 단풍을 보며 어떤 희망도 의미도 느끼지 못한 채 흘려보냈다.

　　　　　　🌿　　🌿　　🌿

　　몇 년이 지난 뒤 가을의 절정 어느 날, 동네 지인들과 남산 둘레길에 단풍 구경을 갔다. 그해 따라 유난히 붉게 물들어 있는 단풍의 모습을 넋 놓고 바라봤다. 그 시선에는 초록을 잃은 단풍에 대한 측은한 마음과 동병상련의 동지애가 담겨 있었다.

　　멍하니 단풍에서 눈을 못 떼는 나를 보며 지인이 말했다.

"올해 단풍이 유난히 빨갛죠?"

"그렇네요."

"신문에서 봤는데 일교차가 클수록 단풍색이 더 아름답게 물든다고 해요."

"네? 그래요?"

> 가을이 되어 기온이 내려가기 시작하면 나무는 줄기와 잎자루 사이에 떨켜층을 만들어 줄기에서 잎으로 가는 관다발을 차단한다.
>
> 잎으로 가는 물이 끊기면 할 일이 없어진 엽록체는 분해되어 없어지고 대신 안토시아닌이 만들어진다. 심한 일교차는 안토시아닌이나 카로티노이드의 생산을 촉진한다. 안토시아닌은 액포에 들어 있으며, 산성에서 빨간색을 나타내는 색소이다. 녹색 잎이 빨간색으로 바뀐 것을 '단풍(丹楓)'이라고 한다.
>
> — 네이버 지식백과

일교차가 클수록 단풍색이 아름답게 물든다는 사실은 내게 큰 울림으로 다가왔다. 나무에 일교차가 크다는 것은 사람으로 치면 인생의 즐거움과 극한 고통을 경험한 것과 같은 맥락이다. 인생의 즐거움뿐만 아니라 고통까지 경험한 사람만이 깊이 있는 자신의 색을 잘 발현할 수 있다고 생각한다. 주변을 보면 청년기에 기쁨과 성취만 누린 사람보다는 슬픔과 실패를 느껴본 사람이 더 깊은 색을 지닌 것 같다.

기쁨으로만 색칠한 색은 고통과 함께 우려낸 색을 따라올 수 없다. 지금 당신이 고통받고 있다면 당신의 중년 단풍색을 더 붉게 만들고 있는 중이라고 생각했으면 좋겠다.

모든 고통이 의미가 있다는 말은 그저 위로를 위해 누군가가 만들어 낸 말이 아님을 나이가 들면서 알게 됐다. 나를 뚫고 지나간 고통 덕분에 나의 모난 부분이 깎이기도 하고 타인에 대한 이해가 넓어지기도 했다.

예전 같으면 섣부르게 판단의 잣대와 비난의 칼날을 휘둘렀을 일도 내 안의 경험으로 미루어 '그럴 수도 있었겠구나' '뭔가 그럴 만한 사정이 있었겠지' '아니, 상대방 말도 들어봐야 해'로 조금은 발전했다. 지금 고통과 실패에 맞닥뜨린 사람들을 이해하고 공감하며, 진심으로 위로할 수 있는 품을 마련해줬다. 결코 의미 없는 시간은 아니었다.

크로와상처럼 겹겹이 쌓인 내 인생 경험 안에 한 겹씩 닮아 있는 타인의 모습을 보고 내 안을 펼쳐보며 동질감에 젖어 들 수 있다면 이 또한, 나의 성장 이상의 의미가 있으리라 본다.

이제는 단풍을 늙어가고 있다고 측은하게 바라보지 않는다. 나와 같이 성숙해져 가고 있다고 생각한다. 이제야 단풍의 진정한 아름다움을 볼 수 있게 됐다. 단풍은 초록을 잃은 것만이 아니라 붉음을 얻은 것이다. 또한 그 붉음의 영향력은 대단하다.

지금까지는 단풍보다는 꽃이 훨씬 아름답다고 생각했다. 꽃은 자체로 빛나게 아름답다. 단독으로 본 단풍은 꽃보다 아름답지는 않다. 가까이서 보면 주름진 얼굴 같기도 하다. 그럼에도 붉게 타오르는 단풍이 꽃보다 못할 것도 없다는 생각이 들었다.

멀리서 바라봤을 때, 꽃이 보이는 산은 없다. 꽃은 산에 묻혀 버린다.

멀리서 쳐다봤을 때, 단풍으로 색이 변한 산은 있다. 단풍은 산에 색을 입힐 수 있다.

단풍은 서로 모여서 산색을 붉게 물들이고 등산객의 발걸음을 재촉할 수 있다. 주변에 좀 더 파급력이 크다.

단풍은 초록을 잃고 붉음을 얻었지만 그 붉음으로 산을 아름답게 만든다.

중년은 멜라닌 색소를 잃고 희끗희끗한 머리로 세상에 선한 기운을 퍼트린다.

어쩌면 단풍의 모습에 중년의 이상적 모습이 담겨 있는지도 모른다. 주변을 선한 영향력으로 아름답게 물들이는 것. 단풍과 중년의 공통점이었으면 한다.

　나이가 들수록 좋은 일을 했을 때, 그 뿌듯함이 내 일의 성취 감에 못지않다는 것을 알게 된다. 사소한 말 한마디, 환한 웃음 이라도 상대방에게 선한 영향력을 주며 나이 들고 싶다.

　단풍을 보며 나이 듦을 서글퍼하지 않고 담담하게 받아들일 수 있는 것, 자연과 어울려 살아가는 멋이 아닐까 싶다. 나이 든 다는 것은 전에 쥐고 있던 아름다움. 젊음, 성취, 건강을 내려놓 고, 타인에 대한 이해와 선한 영향력에 대한 갈망과 실천, 삶을 바라보는 시선의 깊이를 얻어가는 것인지도 모른다.

　또한 지난날의 고통과 역경이 내 안에서 나를 더 강한 아름 다움으로 발산시킬 것이라고 믿는다.

역경, 때로는 맞서기보다

저항력을 줄이는 것

솜다리
Leontopodium coreanum

깊은 산 바위 틈에서 자라며, 한국의
에델바이스로 불린다. 한국 특산종으
로 제주의 한라산과 중부 이북에서 자
란다.

살다 보면 크고 작은 어려움이 다가온다. 지금 과거의 고통을 되돌아보면 멀어진 시간의 거리만큼 그 크기도 작아 보이지만 눈앞에 그 고통을 마주할 때는 시야를 가득 메울 정도로 크게 느껴지곤 했다.

　고등학생 때는 대학교만 가면 인생이 핑크빛일 거라고 생각했다. 그러나 웬걸, 핑크빛 하늘에 취업 걱정이라는 먹구름이 끼기 시작하는 데는 그리 오랜 시간이 걸리지 않았다. 직장에 다니면서는 인간관계로 '들어가고 싶었던 곳'이 '나오고 싶은 곳'으로 쉽게 전환되었다. 결혼하고 임신해서는 아이만 낳으면 살 것 같더니, 여기저기 돌아다니는 아이를 제어하기가 임신했을 때보다 몇십 배 힘들었다. '이제 다 키웠나' 싶을 때 찾아온 사춘기는 또 어떤지, 인생의 겸손을 아이의 사춘기로 배우게 됐다면 제대로 표현이 될 수 있을지 모르겠다.

　기다렸다는 듯 찾아오는 크고 작은 문제가 끝없이 펼쳐지곤 했다. 난 그때마다 문제를 해결하기 위해 전력 질주했다. 내 인생을 엮어내면 역사책도, 에세이도, 시집도 아닌 문제풀이집이었다. 그렇게 문제만 풀다가 난 지쳤다.

※　※　※

대학교 어학당에서 학생들을 가르칠 때, 5주 단위로 담임이 바뀌었다. 학생들은 10주간 같은 반에서 배우고 선생님만 5주씩 나눠 들어갔다. 전반부 선생님이 가르치고 난 뒤 그다음 5주는 후반부 선생님으로 교체되는 식이었다. 반이 바뀔 때마다 전반부 과정을 가르친 선생님이 후반부 과정을 가르칠 선생님께 주의사항을 전달하곤 했다. 그중에서도 그 반에 소위 말하는 요주의 학생이 있는 경우, 전반부 선생님은 후반부 선생님에게 세심한 조언을 하곤 했다.

찌는 듯이 더웠던 여름 학기, 후반부 들어갈 반에 전반부 동안 문제를 일으킨 학생이 있다는 이야기를 전해 들었다. 어학당 시스템에 대한 문제를 A4지 10장 넘게 작성해 제출했던 학생, 강의시간에도 그 A4지를 꺼내 놓고 거기에 불만사항을 작성하고 있다는 말을 전해 들었다. 전반부 선생님이 내게 와 고개를 절레절레 저으며 나를 측은하게 쳐다봤다. 자신의 고생을 이어받을 다음 타자에게 보내는 애처로움이랄까.

그 문제 반의 후반부 담임을 맡고 들어가는 날, 평상시와 달리 긴장됐다. 마치 공항 검색대에 올라간 것도 같았다. 사전 정보에 의하면 배우려고 온 학생이 아니라 문제를 찾으려고 온 학생이었다. 그 문제를 제공(?)할 수밖에 없는 위치에서 입장부터 껄끄러웠다. 막상 만나보니 학생은 사고방식이 많이 독특한 학생이었다.

"선생님, 이건 왜 이렇게 하지 않아요?"

이미 정해진 규칙을 모두 원점으로 돌려 '이 규칙이 성립되지 않아야 할 이유'부터 찾는 식의 시선을 가지고 있었다. 때론 질문이 너무 많아 강의에 방해도 됐다.

그때만 해도 나는 일상의 문제를 '해결'하는 데 집중했기 때문에 그 학생에게 많은 시간을 할애했다. 수시로 질문을 해오는 학생에게 질문의 방향이 잘못되었다는 것부터 인식시켜야 했다. 결과적으로 큰 문제없이 그 학기가 지나갔지만 되돌아보니, 그 강의실에 있었던 다른 학생들에게 미안한 감정이 든다. 내가 그 학생에 시간을 많이 할애한 만큼 다른 학생은 시간적으로 손해를 봤을 테니까. 그 학생과의 문제를 집중적으로 해결하려고 하지 않고 자연스럽게 넘기면서 시간을 적당히 할애했어야 했다.

솜다리가
추위를 이겨내기 위해
솜털을 마련했듯이,
이해할 수 없는 사람들과의 갈등으로
내 마음의 온도가 식지 않도록 노력한다.

초등학생 때였다. 가족여행으로 설악산에 갔다. 산을 오르다가 지쳐서 포기하려고 하는데 아빠가 "저기 조금 더 올라가면 산꼭대기에 에델바이스 있어. 에델바이스 보고 싶지 않아?"라고 했다.

"에델바이스요? 에델바이스가 우리나라에도 나요?"

"그럼 한국 에델바이스야. 좀 더 힘을 내봐."

갑자기 힘이 풀렸던 다리에 기운이 들어차기 시작했다. 잠시 심호흡을 한 뒤 다시 오르기 시작했다. 돌이 많았던 길이라 포기하고 싶었지만 에델바이스를 볼 수 있단 생각에 참고 올랐다. 한참을 올라 서늘한 산꼭대기에 이르니 에델바이스가 있었다. 아직도 그때 그 순간이 또렷이 기억난다. 그 꽃 몇 송이를 보려고 다리가 아픈 것을 참고 올라갔던 건 기대 이상의 가치가 있었다. 연약해 보이는 꽃이 높은 산속에서 바람을 맞으며 피어난 모습, 그 모습에서는 애처로움보다 승리감이 느껴졌다.

나중에 찾아보니 그 꽃은 에델바이스가 아니라 솜다리였다.

국화과 솜다리 속에 속하는 여러해살이풀. 한라산·설악산·금강산 등 중부 이북의 고산에 자라는 한국 특산식물로 '한국의 에델바이스'라고도 불린다. 키는 약 25cm에 이르며 잎과 줄기는 회백색의 부드러운 털로 덮여 있다. 꽃은 두상화로 줄기 끝에서 봄부터 가을에 걸쳐 핀다. 이전에는 다소 높은 산에서 쉽게 볼 수 있었으나, 남획으로 인해 개체 수가 많이 줄어들었다. 환경부가 한국 특산종으로 지정하여 보호하고 있다.

— 다음 백과

만약에 솜다리가 자신의 환경에 불만을 가지고,

"여기 너무 높고 바람도 강해. 저 바람을 어떻게 없애거나 약하게 할 수 없을까?"

"여기 너무 추운데 기온을 좀 높일 수 없을까?"라고 내내 고민하면서 문제 원인인 환경을 바꾸는 방식으로 해결하려고 했다면 결국 얻는 건 좌절과 낙담밖에 없었을 것이다.

지형이 높은 것도 바람이 강한 것도 기온이 낮은 것도 노력으로 바꿀 수 있는 문제는 아니었다. 다행히도 솜다리는 그러지 않았다. 대신 주어진 환경을 받아들이고 그에 맞게 자신을 적응시켜갔다.

솜다리는 우선 키를 작게 만들어 바람이 불어도 크게 흔들리지 않게 했다. 줄기도 가늘게 만들어서 바람의 저항을 많이 받지 않는다. 땅속의 부분은 비교적 긴 뿌리를 가지고 있어, 수

분의 부족과 비바람에도 잘 견딘다. 또한 잎 전체가 솜털로 덮여 있어 수분이 증발하는 것을 막아 준다. 솜다리는 저항 면적은 줄이고 자기 보호력은 강화했다. 이렇게 주어진 환경을 받아들이고 그로 인한 피해를 최소화하려는 솜다리 모습에 감탄했다. 놀라움을 넘어서 존경심이 들 정도였다.

되돌아보면 나는 그동안 이해할 수 없는 사람을 만나면 어떻게든 그 사람을 바꾸려고 했다. 때로는 상대방이 했던 무례한 말을 상기시켜 사과를 받으려 하고, 때로는 다소 어색해진 상대방에게 다가가 친해지려고도 했다. 엉킨 갈등은 풀어야 한다는 강박증이 있었던 것도 같다.

어학당에서 만난 요주의 학생처럼 안 맞는 사람과의 관계에 매몰돼 시간과 노력을 허비했다. 그 결과는 무의미하고 허무했다. 이해할 수 없는 사람을 바꾸려는 것은 그 사람이 살아온 세월을 되돌리는 것만큼 힘든 일이었다.

물론 내 인생 무대의 주요 역할인 사람이 나와 안 맞을 때는 서로 갈등을 해소하기 위해 충분한 시간과 노력을 투자해야 한다. 그러나 스쳐 지나가는 인연, 어차피 내가 바꿀 수 없는 사람에게는 다른 대처 방안이 필요하다는 생각이 들었다.

어느 집단에 들어가도 안 맞는 사람은 있다. 인터넷에 떠도는 말에 의하면 '폭탄 보존의 법칙'이라고 한다. 이 회사에서 안 맞는 사람을 피해서 저 회사에 가면 저 회사에도 또 안 맞는 사람이 기다리고 있다는 말이다. 매번 안 맞는 사람을 피해 다닐 수는 없다. 또한 안 맞는 사람 없이 모두 잘 지낼 수도 없다.

가만히 살펴보면 지독히도 안 맞는 사람 중에는 내 인생 무대에 등장하는 주요 인물이 아닌 경우도 꽤 많았다. 회사에서 만나는 사람 중 일부, 어학당에서 가르치는 학생 중 일부, 학부모로 만났다가 아이 학년이 바뀌면 헤어질 지인, 차라리 내 인생의 '일시적인 환경'이라고 보는 게 맞을 수 있다.

이 경우 안 맞는 사람들을 내가 뜯어고칠 수도 없고 고칠 필요도 없다. 부단한 노력으로 그를 뛰어넘을 가치도 없다. 애초에 서로가 서로에게 그 정도 의미가 부여되지 않았다. 마치 고산 지대에 몰아닥치는 바람 같이 나를 흔들지만 곧 스쳐 지나갈 만남들, 그런 만남은 풀기보다 넘기는 게 낫다는 결론에 이르렀다.

살면서 수없이 부딪치는 스쳐 지나가는 사람, 그들과의 갈등을 해결하려고 노력할수록 일상의 소중한 존재에 미치는 노력이 줄어들 수 있다는 생각이 들었다. 어학당에서 한 명의 요주의 학생과의 문제 해결에 매몰돼 다른 학생들과의 시간을 소비했던 것처럼.

혹 부딪치는 일이 생길지라도 문제를 파헤쳐 해결하기보다 가볍게 웃으면서 넘기는 게 더 효율적일 수 있다. 해결보다는 넘김이 더 중요한 때가 있는데 그 당시 난 극복해야 할 과제로 여기고 전력 질주했다. 그 결과 시간과 열정의 적절한 분배에 실패했었다.

그 당시 난 답이 없는 문제까지 풀고 있었다는 것을 이제야 알게 됐다. 세상에는 답이 있는 문제도 있지만 애초에 답이 없는 문제도 상당히 많았다. 유난히 힘들었던 지점을 돌아보면 난 답이 없는 문제를 푸느라 필요 이상으로 에너지를 많이 쓰고 있었다. 풀 수 없는 문제는 풀지 않고 넘기기도 해야 한다는 것을 알게 됐다.

이제는 솜다리가 추위를 이겨내기 위해 솜털을 마련했듯이, 이해할 수 없는 사람들과의 갈등으로 내 마음의 온도가 식지 않도록 노력한다. 솜다리가 거센 바람에 대응하기 위해 키를 작게 하고 줄기를 가늘게 했듯이, 때로는 그들과의 부딪침을 최소화할 필요도 있다. 그렇게 힘을 빼고 넘겨야 할 때는 넘기는 것. 그 또한 삶의 태도가 아닐까 한다.

나이 듦을

받아들인다는 것

목련 Magnolia kobus

미나리아재비목 목련과의 낙엽교목으로, 관상용으로 심으며 한국과 일본 등에 분포한다.

20대에 서투르게 주차하고 있으면 지나가던 사람이 '제가 해드릴까요?'라고 묻곤 했다. 그 당시에는 이유 없는 친절함에 고마운 줄도 몰랐다.

그 후 수십 년이 지난 어느 날 주차하면서 뜸을 들이니 지나가던 차의 운전자가 찌푸린 미간을 노골적으로 드러내는 것도 모자라 클랙슨을 울려대며 짜증을 분출한다. 심지어는 '아줌마. 빨리 차 빼요!' 하고 고함을 지르기도 한다.

나이 든다는 것을 거울을 통해서만이 아니라 외부인의 친절함을 통해서도 느낄 수 있었다. 이는 친구들을 만나 이야기해봐도 공통된 이야기다. 결국 나이 듦이란 그동안 빚진 친절이 있다면 조금씩 갚아나가야 할 때라고 받아들였다.

다행스럽게도 이제 내겐 그들의 불친절에 휘둘리지 않을 강한 멘털이 있다. 상대방의 짜증을 노련하게 받아넘기며 '죄송합니다'를 (말로만) 외치곤 당황하지 않고 내 페이스로 주차를 마치곤 한다. 또 하나 수십 년 가까이 된 운전경력으로 웬만큼 고난도 주차 코스가 아니면 주차쯤은 끄떡없이 해낼 수 있게 숙련

돼 있다.

수십 년 나이가 드는 동안 상대방의 반응 하나하나에 미세하게 흔들리던 멘털은 웬만해선 경로를 이탈하지 않는 강한 정신력으로 거듭났고 그 덕분에 늘어난 여유와 담대함이 내 생활에 안정을 주고 있다. 대한민국 아줌마 정신은 그냥 생긴 게 아니다.

물론 청년에서 중년을 훌쩍 넘은 나이가 된다는 것은 마음을 다스려야 할 정도로 우울할 때도 많다. 이상적으로는 내 정수리에 삐져나오는 흰머리와 눈가에 자리 잡은 주름을 사랑해야 한다는 것을 알지만, 현실적으로 흰머리와 주름을 사랑하긴 어렵다.

특히 미장원 의자에 앉아서 내 앞에 마주한 거울을 보고 있어야만 할 때, 나이 듦을 직면하게 된다. 거울 속 나와 눈을 마주하는 순간, 낯선 사람을 보는 것보다 더 어색해 시선을 돌리게 된다. 중년의 나이에 미용실에 가서 거울을 마주한다는 건 매달 찾아오는 카드 명세서를 보는 것 같다. 둘 다 별로 보고 싶지 않지만 봐야 한다. 보고 나면 '사실'과 '인정' 사이에 있는 건널 수 없는 강을 마주하게 된다.

거울 속 얼굴은 분명 내 얼굴인데 내 얼굴이 아닌 것 같고 낯설다. 카드 명세서는 분명 내가 쓴 것일 텐데 사용한 기억은 희미하고 그 총액은 의심스러울 뿐이다. 실제로 카드회사에 전화해 상세내역을 물어본 적도 있다. 차마 내가 쓴 게 아닌 것 같다고는 말하지 못했다. 다행히 미장원에 앉아서 거울 속 '저 사람이 누구냐?'라고 물은 적은 없다.

20대에 아침이면 세수하고 로션만 발라도 빛나던 얼굴은 아침마다 부지런히 세수하고 바르고 문지르고 다시 바르고 두드리고 나가도 "아휴. 왜 그렇게 피곤해 보여? 잠 못 잤어?"라고 애처롭게 묻는 인사를 수시로 듣는 얼굴로 변해갔다.

샴푸로 머리만 감아도 윤기 나던 머리카락은 두 달마다 미용실에서 염색하고 샤워 후 트리트먼트를 듬뿍하고 스팀타월로 처리해줘야 그나마 달빛보다 희미한 윤기라도 건질 수 있다.

여성에게 나이가 든다는 것은 머리카락에 윤기가 사라지는 것처럼 나를 둘러싼 빛이 하나씩 꺼지는 것처럼 느껴졌다.

어렸을 때 우리 집 마당에는 목련이 있었다. 목련이 피어나는 날에는 마당에 조명이 켜진 것 같았다. 형광등 불빛 같이 하얗게 빛나던 목련은 그 꽃잎도 커서 한두 잎 떨군 꽃잎을 주워 손바닥에 놓으면 어린 내 손을 가득 채우곤 했다.

어느 날 하교 뒤 집 마당에 들어서는데 어제까지와는 달리 어둑한 느낌을 받을 수 있었다. 목련 나무에 꽃잎이 하나둘 떨어지고 그나마 붙어 있는 꽃도 검게 변해 있었다. 탐스럽게 빛나던 하얀 꽃잎이 마치 오래된 바나나 껍질처럼 썩어 들어가는 것 같았다.

이제는 아파트에 살지만 우리 아파트 마당에도 목련이 있다. 꽃이 피면 꽃이 지는 것은 어쩌면 당연한 건데 지는 모습을 볼 때마다 참 측은하다. 어렸을 때 마당에서 보던 목련이 피고 지는 모습을 지켜볼 때와는 또 다른 감정으로 목련을 보게 된다.

나이 들어가면서 그 측은한 감정이 서글픈 감정으로 번지기도 한다. 수줍게 오므린 꽃, 활짝 만개한 꽃에 밀려 시들어가는 꽃을 보며 내가 네인지 네가 나인지 헷갈릴 정도다.

그동안 예쁜 모습일 때 귀한 대접받던 것과 달리, 이제 곧 바닥에서 뒹굴다가 쓰레기통으로 들어갈 꽃잎을 바라보는 마음은 복잡하다.

시들어가는 꽃을 볼 때 처연한 마음은 거울 속 내 흰머리와 눈가 주름을 볼 때도 슬며시 고개를 들었다. 희끗희끗한 흰머리는 분명히 인생 노고의 결실인데 받아들이기조차 쉽지 않다.

그래서인지 40대 중반을 넘어서면서 대다수 지인의 카톡 프로필 사진은 자화상에서 '자연'으로 넘어간다. 특히 '꽃'을 찍어 카톡 대문 창에 올리는 경우가 흔하다.

젊고 예쁜 여성을 대하면 흐뭇한 미소로 바라볼 수 있는 관대함도 쉽게 얻어지진 않았다. 삼십 대 중반 때만 해도 상대적 박탈감으로 우울해지거나 나 자신에 대한 연민에 빠지는 일에 휩싸였다.

'나도 저런 시절이 있었는데...' 20대의 싱그러움이 마냥 부러웠다. 싱그러운 젊은이의 모습을 마주하고 바라볼 때의 느낌은 상대적인 박탈감이었다.

문득 예전에 읽었던 미치 앨봄의《모리와 함께 한 화요일》에서 '나이 드는 것을 껴안는다고 생각하면 늙어가는 것이 두렵지 않다'는 문장이 떠올랐다. 20대를 바라보는 방향을 바꾸어봤다.

마주하던 시각을 돌려 그 젊은이의 모습이 내 안에도 포함되어 있다고 생각했다. 그랬더니 상대적 박탈감, 허무함이 사라졌다. 그들의 젊음을 나의 늙음과 대치하며 바라보지 않고 내 안에 이미 자리한 나의 과거로 바라볼 수 있는 여유가 생긴 것 같다.

'이미 지나온 길에 대한 추억'으로 받아들이자고 다짐했다.

이제는 지나가는 20대 풋풋한 청춘을 보고 내 딸이자 내 며느리 같이 여기며 흐뭇해 할 수 있다. 싱그러운 아름다움을 유지한 그들을 내 눈에 담을 수 있다는 사실 자체만으로도 감사할 수 있다. 때로는 산기슭에 피어난 들꽃 같고, 때로는 꽃집에 세련되게 진열된 꽃다발 같은 그들을 보며 미소 짓는다.

나이가 들어서도 연극 무대 중앙을 차지하려고 고집부리면 곤란하다는 것을 깨닫는 데는 오랜 시간이 걸렸다. 주연에서 조연으로, 조연에서 관객(감독이 아닌 관객이어야 한다)으로 내려오는 연습이 필요했다. 주연을 응원하고 뒷받침해주는 조연의 마음으로 40대를 보내고 나서 서서히 무대에서 내려와 조연과 주연의 조화를 바라보는 관객의 자리에 서 보는 연습을 해봤다.

세상의 눈에 '나를 맞추던 시기'를 지나 '진정한 나'로 거듭나는 시간을 겪고 나서 이제는 '세상을 바라보는 나'로 살아가는 것. 그게 나이 듦인지도 모른다.

'아름다운 청춘의 나'에서 '아름다워야 할 세상'으로 관심을 옮겨가는 것(물론 여전히 나만의 작고 소중한 무대도 따로 준비해야 한다. 나만의 주제를 실현할 무대. 그러나 그 무대에선 조연도 관객도 중요하지 않다. 나의 작은 소우주가 존재할 뿐이다. 그래서 난 글을 쓴다).

내 정수리에서 삐져나오는 흰머리를 측은해하기보다 부지런히 색을 입히고 시선을 주위로 돌린다. 아침부터 손세차장에서 마지막 티끌까지 지우려고 땀 흘리는 손세차 할아버지를 보고 노동의 경건함을 느낀다. 스물대여섯 살 남짓된 백화점 매장 언니의 상큼한 살가움에 타인을 경계하지 않는 순수함을 배운다.

무대에 있을 때는 관객만 의식하던 시야가 무대에서 내려오니 무대 위 주연과 조연, 무대 아래 관객, 그리고 조명, 환기, 극장의 안전장치까지 눈에 들어온다. 시야가 넓어진다는 것은 그만큼 할 일이 많아졌다는 의미이기도 하다.

시계처럼, 내 삶은 여전히 나아간다.
앞으로만 나아가지 않고 넓게 퍼져나간다.

적당한 거리, 적당한 관계

인간관계의

적당한 거리에 관하여

소나무 Pinus densiflora

우리나라의 대표적인 나무로 전국에서
자라고 있다.

예전에는 서로가 얼마나 자신을 드러냈는지로 친근함의 정도를 가늠하곤 했다. 친구를 만나면 내 속내를 가감 없이 보여주려고 애썼고 내 말을 받아 든 친구는 그에 보답하듯이 자신의 속내도 보여줬다. 마치 방 청소할 때 티끌 하나의 먼지도 남기지 않겠다는 듯 다 털어 보인 적도 있다. 그렇게 서로가 공유한 비밀이 쌓일수록 그 비밀이 특급일수록 친구와의 우정의 밀도는 더 높아진다고 생각했다.

　이런 생각은 결혼 후에도 이어져 만나기만 하면 서로의 부부 관계, 시댁 이야기 등을 털어놓곤 했다. 이렇게 자신의 속내를 드러내면서 친밀감을 쌓아가는 것이 관계 맺기를 성공적으로 이끄는 것이라고 생각했다. 친구로서 서로의 일상을 공유하며 친밀감을 높이는 건 행복한 일이었다. 사람과 사람 사이에는 솔직함이 제일 중요하고 가리는 것이 없어야 한다고 확신에 차 있었던 것 같다.

아이가 초등학교에 입학한 뒤 학부모 모임은 본격적으로 열렸다. 그때마다 유난히 친해 보이는 학부모 그룹이 있었다. 아이 하교 시간이 돼서 아이를 데리러 갈 때면 어김없이 저쪽에서 두 사람씩 나타나곤 했다.

"오다가 만나신 거예요?"

"아니에요. 아침에 아이 학교에 데려다주고 학교에서 만나 근처 카페에서 같이 있었어요."

"…………"

"J엄마도 다음에 같이 차 마셔요."

"네."

이런 학부모들이 점차 늘어갔다. 나한테도 아침 일찍 차 한 잔하자는 제안이 들어왔지만 난 오전에 할 일이 있어서 정중히 사양했다. 한 학기가 끝날 무렵 운동장에는 삼삼오오 모여 있는 학부모들이 많았다. 아침부터 같이 차 마시며 이야기하다 아이를 데리러 오는 엄마들은 거의 절친처럼 친해 보였다.

그러던 엄마들이 학년말에 이르면 구성원에 변화가 생기곤 했다. 학년 말 하교시간, 운동장에서 아이가 나오기를 기다리고 있는데 K엄마와 절친이던 L엄마가 다가왔다.

"J엄마(나), J 요즘 어때요?"

"네, 잘 지내요. 그런데 K엄마 저기 계신데요?"

저쪽에 서있는 K엄마를 가리키자 L엄마는 고개를 한 번 젓더니 K엄마가 서 있는 반대 방향으로 돌렸다. 더 이상 캐물을 필요가 없었다. L엄마의 눈빛에는 이미 차가운 냉기가 흐르고 있었다. 그리고 얼마 뒤 둘 사이에 서로 나누었던 이야기들이 학부모들 사이에 스멀스멀 퍼지기도 했다.

오랜 기간 그 둘을 지켜본 나로서는 그 과정을 바라보는 뒷맛이 씁쓸했다. 친했다가 멀어지는 것은 이해할 수 있다. 하지만 친하게 지내는 동안 나누었던 둘만의 이야기가 둘 사이가 멀어진 뒤 퍼져나가는 것은 이해할 수 없었다. 학부모 관계는 거리가 필요한 것 같았다. 아이 친구 엄마는 내 친구가 아니기 때문이다.

물론 학부모 관계로 시작해 오랜 기간을 거쳐 친구보다도 더 가까운 사이로 발전하는 경우도 있다. 주변을 둘러보면 이 경우에도 처음에는 서로 선을 지키면서 거리를 유지할 때가 많았다. 적정 거리를 두고 경험을 쌓아가면서 아이 친구 엄마에서 내 친구가 되는 데에는 그만큼 서로의 노력이 필요했다.

학부모 관계뿐만이 아니라 직장 동료와의 관계에서도 비슷한 기억이 있다. 직장에 다니는 동안 친한 동료한테 내 속내를 숨김없이 털어놨다가 나도 모르는 사이 내 이야기가 직장에 퍼져 있어서 당황했던 적이 있다. 게다가 그 내용이 왜곡돼 있어서 그 이후로 그 동료와의 관계가 더 서먹해진 경험이 있다. 이런 경험을 되돌아보면서 '솔직하다는 것' '내 속내를 드러내는 것'에 대해 고민을 하게 됐다.

‥ ‥ ‥

수목원에 가면 늘 울창한 소나무 숲을 볼 수 있다. 유난히 가슴이 답답할 때 수목원 소나무 숲에 가면 마음속까지 청소되는 듯한 느낌을 받을 수 있었다. 숲에서 나오는 피톤치드도 그 역할을 하지만, 울창한 가운데 질서 있게 뻗은 나무들을 보고 있자면 그 정돈된 모습에 내 마음도 가지런해지는 것 같았다. 그중 빼어난 모습은 빽빽한 나무 사이로 햇빛이 비추는 풍경이다. 마치 초등학생 입학식에 아이들이 선생님 말씀에 따라 공손하게 줄을 맞춘 듯 소나무들은 옆의 소나무와의 간격을 침범하지 않고 일정 거리를 유지하고 있었다. 그 거리 덕분에 햇빛은 그 빈틈으로 균일하게 퍼져나갈 수 있었다.

수관기피는 각 나무들의 가장 윗부분인 수관(crown)이

마치 수줍어하듯(shyness) 서로 닿지 않고 자라는 현상을 말한다. 이에 영어 표현으로 '수관의 수줍음(crown shyness)'이라고 지칭된다. 수관은 나무 위쪽의 가지와 잎이 이루는 무더기를 일컫는데, 수관기피는 각각의 나무들이 서로의 수관을 침해하지 않는 것이다. 이로 인해 나무들의 수관과 수관 사이에는 좁은 빈 공간이 생기며, 이에 따라 나무의 아랫부분까지 충분히 햇볕이 닿을 수 있어 동반성장이 가능하다. 수관기피는 보통 비슷한 수령의 나무가 함께 자랄 때 발생하며, 특히 같은 수종끼리 수관기피 현상을 보이는 경우가 많다. 우리나라의 경우 가장 많이 볼 수 있는 소나무가 수관기피를 하는 대표적인 수종이다. 그러나 수관기피가 일어나는 이유는 아직 충분히 입증되지 못했다. 다만 식물학자들은 여러 가지 가설을 내놓고 있는데, 우선 식물이 햇빛을 골고루 이용하기 위해서라는 것이다. 즉, 빛을 충분히 받기 어려운 숲 환경에서는 서로 일정한 거리를 유지해야 햇빛을 조금이라도 받을 수 있고, 더 쉽게 생존할 수 있기 때문이라는 것이다. 또 꼭대기의 가지들이 바람에 흔들리며 부딪혀 서로 마모되면서, 자연적으로 가지치기가 됨에 따른 것이라는 가설도 있다.

— 네이버 지식백과 : 시사상식사전

저자 : pmg 지식엔진연구소, 제공처 : 박문각

어느 날 중요 미팅이 있어서 화장을 하고 옷을 고르면서 생각했다.

'친구를 만날 때면 가볍게 비비크림 하나로 화장했을 텐데, 오늘은 파운데이션에 컨실러까지 하게 되네. 내 얼굴의 잡티를 가리려고 애쓰는군. 누구를 만나는지에 따라 화장법도 조금씩 변하는 것처럼, 만나는 상대에 따라 내 말 안에 내 생각의 함유도가 변하는 게 자연스러운 걸 수도 있겠네.'

그동안은 누구를 만나든지 쉽게 내 마음을 그대로 전했던 것 같다. 그러다 보니 자꾸 걸리는 일이 생기고 그 뒷수습이 번거롭기도 했다. 그때부터였던 것 같다. 만나는 사람에 따라 말에 담는 진심의 함유도를 달리했던 것은. 내 안의 진심을 어느 정도 드러내는지는 내 얼굴의 잡티를 어느 정도 보여주는지와 비슷한 맥락이었다. 굳이 잡티를 다 드러내 보일 필요가 없는 상대방도 있다. 진심을 바꿔서 다른 말로 둔갑시켜 표현한다면 문제겠지만 진심 함유도를 낮추는 정도는 불가피해 보였다.

거짓을 말하는 것이 아니라도 내 진심의 함유도는 어느 정도 바꾸어야겠다. 오렌지 100% 함유 주스와 오렌지 50% 함유 주스처럼, 100% 함유가 아니라고 가짜는 아니듯이 말이다.

흰 눈이 펑펑 내리는 겨울, 덜덜 떨던 고슴도치 두 마리가 서로 꼭 안아 온기를 나누려 했다. 하지만 서로의 몸에 난 가시 때문에 세게 안으면 안을수록 상대방을 아프게 했다. 그렇다고 서로 떨어지면 얼어 죽게 될 것이 뻔했다. 두 마리의 고슴도치는 안았다 떨어지기를 몇 차례 반복하다 서로 온기를 유지하면서도 아프지 않게 하는 거리를 찾았고 그제야 편안하게 잠들 수 있었다. 심리학에서는 이것을 '고슴도치 효과'라고 한다

—《하버드 심리 수업》중에서

물론 모든 이에게 똑같이 일정한 거리를 두어야 하는 건 아닐 것이다. 누구를 만나느냐에 따라 심리적 거리는 달라질 수 있다. 그런 심리적 거리를 가늠하며 측정해 나가는 단계도 필요하다.

어떤 이는 눈망울을 들여다볼 수 있을 정도로 가까이 갔을 때 만남이 의미 있고, 어떤 이는 목소리가 들릴 정도의 거리감만으로도 충분했다. 서로가 서로에게 원하는 거리를 조율해 나가는 것이 초기 만남의 목적 중 하나일 수 있다. 때로는 무심코 다가갔다가 상대방 입에서 튀는 침방울에 폭탄을 맞은 듯 불쾌했던 경험도 있었다. 때로는 거리 유지에만 몰두하느라 눈동자를 보지 못한 채 스쳐 지나가 아쉬운 마음이 드는 사람도 있었다.

거리 조절의 판단 기준은 사람마다 다르겠지만 내 경우엔 상대방을 만나고 난 뒤 그 만남이 남기는 뒷맛으로 정하곤 한다. 만나고 집에 돌아오면 충전이 된 기분이 드는 경우가 있는 반면, 지치고 개운하지 못한 감정으로 부대끼게 되는 경우도 있다. 만남 뒤 집에 와 지나치게 피곤하다거나 상대방의 말이 뇌리에서 계속 맴돌며 곱씹게 되고, 기분이 불쾌함을 넘어 헛헛해지는 경우엔 좀 더 거리를 두는 편이다.

나이 들수록 음식을 먹고 났을 때, 몸 안에서 퍼지는 기운이 다른 걸 느낀다. 특히 조미료가 많이 들어간 음식은 먹은 뒤 피로감이 몰려오곤 한다. 나하고 안 맞는 것을 몸이 알려주는 셈.

사람도 마찬가지라고 본다. 만남이 피로가 되는 경우, 내게 소화가 잘 되지 않는 사람일 확률이 높다. 소화가 잘 되지 않는 음식을 자주 먹으면 체하듯이 이해가 잘 되지 않는 사람을 자주 만나게 되면 마음이 부대낀다. 만남 이후에 마음의 평온을 찾을 때까지 에너지와 시간이 필요하고 그 과정에서 가족에게 소홀하게 될 수도 있다. 이럴 경우 상대방과의 대화에서 내 말 안에 진심 함유도를 낮추는 것이 좋다. 또한 그 사람과 만나는 주기를 늘리는 것도 한 방법이다. 수동적으로 끌려 자주 만나다 보면 지쳐서 관계를 아예 끊게 될 수도 있다.

소나무 숲의 수관기피를 보고 나무와 나무의 거리두기가 서로가 잘 자랄 수 있는 환경을 조성한다는 것을 알 수 있었다. 사람과 사람도 만나는 사람에 따라 적당한 거리두기가 필요하다. 그 거리의 조절이 결국은 관계의 건강함을 유지하는 비결이 될 수 있을 것이다.

조심하세요.

너무 다가오면 안돼요

민들레
Taraxacum platycarpum

볕이 잘 드는 양지바른 곳에서 자라며
민간에서 약재로 사용한다. 한국, 중국,
일본에 분포한다.

"아이가 초등학교 입학 뒤 한두 달 안에 학부모 모임을 소규모로 결성한다네. 그때 어느 모임에도 들어가지 못하면 학부모 관계에서 소외되는 거지."

여성복 매장에서 만난 친구 P는 매장 안 진열된 옷에 시선을 고정한 채 말을 했다. P는 검은색 트위드 재킷을 보고 잠시 주춤하다 꺼내 들었다. 매장 전신 거울 앞으로 다가갔다.

"이거 어때?"

그제야 나를 바라보며 말했다. 평소와는 다르게, 전투적으로 관계를 쟁취하고야 말겠다는 의지로 P의 두 눈은 번뜩였다. 그런 P의 모습이 낯설어서였나? 그 옷이 P에게 어울리는지 안 어울리는지 헷갈렸다.

그날 P를 만난 것도 P가 아이 초등학교 입학식 날 입을 옷을 사는데 봐달라고 해서 만났던 참이었다. 아이 옷이 아닌 엄마 옷 말이다. 그 모습이 의아했지만 딱히 반론을 펼 만한 경험치가 없어서 그냥 듣고 있었다.

사실 친구들 중에서 제일 일찍 결혼한 나는 그 당시 큰아이가 중학생이었다. 하지만 큰아이가 초등학교에 다니는 내내 지정 봉사 이외에 학부모 반 모임에 나가지 않았기 때문에 학부모 관계에 대해서 아는 것이 전혀 없었다.

P는 아이가 초등학생이 되면 엄마도 인기 있는 학부모로 탈바꿈해야 하는 것처럼 생각했다. 열정과 노력 덕분인지 P는 한동안 아이 친구 엄마들하고 잘 어울리는 것 같았다. 날마다 점심도 같이 먹고, 주말에는 아이 친구, 그 엄마들과 같이 전시회, 박물관 등을 견학하고 와서 사진을 보여주곤 했다. 만날 때마다 그들의 이야기를 해서 난 한 번도 본 적 없는 그들을 이미 오래전부터 알고 지낸 것 같았다.

그 후로 1년쯤 지난 어느 날 저녁 P한테 전화가 왔다.

"넌 작은아이 내년에 초등학교 입학하면 절대로 학부모하고 어울리지 마. 어휴, 사람이 친하다 돌아서니 무섭네 무서워. 친했던 아이 친구 엄마가 여기저기 내 험담을 하고 다니는데 괴로워 죽을 것 같아. 나 학교 다닐 때도 안 당했던 왕따 된 것 같아."

P는 학부모 관계에서 오해와 상처를 받아서 한동안 그 동네 나홀로족이 됐다. P뿐 아니라 다른 친구들의 학부모 관계 경험담을 모아 봐도 학부모로서의 만남이 그리 쉽지 않은 관계인 것 같았다. 쉽게 가까워졌다 멀어지기도 하고, 완전히 돌아서기도 하는 관계. 여기저기서 학부모 대 학부모로 만난 사람한테 상처

받은 이야기가 들려오곤 했다. 언뜻 봐도 결혼한 여자들에게 있어서, 시댁과의 관계 다음 순위에 등극할 만한 고난도 관계로 보였다. 멀면 흠이 되고 가까우면 탈이 되는 관계(어쩌라고).

⚘   ⚘   ⚘

다음 해 다소 부정적인 사전 정보를 입수한 채, 늦둥이 둘째가 초등학교에 입학했다.

큰아이 때와는 달리 반모임에도 나가고, 생일파티에도 나가 봤지만 P의 조언 때문인지, 그들을 만날 때마다 '무장해제하면 안돼' '언제 돌아설지 몰라' '명심해. 아이 친구 엄마는 내 친구가 아냐' 이런 말들이 늘 귀에서 울렸다.

그래서인지 그 모임만 다녀오면 물에 젖은 솜처럼 몸이 소파에 들러붙었다. 친구를 만나고 온 것과 다르게 너무 피곤해서 모임 후 소파에서 까무룩 잠이 들기 일쑤였다. 다른 사람 보기엔 대낮에 한가하게 브런치나 먹고 있는 모습이 한낮 마당에서 낮잠 자는 개만큼이나 팔자가 좋아 보일 수도 있겠지만, 나한테는 모임에 앉아 있는 동안이 회사에서 주요 미팅을 위해 외근 나간 것 같았다.

친구의 조언으로 모임 전, 나름 보호장치로 갑옷을 덧입고 나갔기 때문일까?

　모임에서 말하기 전과 말한 다음의 한마디 한미다를 곱씹고 있었다.

　'앗, 좀 전에 내가 한 말로 ○○엄마 기분이 상했으면 어쩌지?'

　'잘난 체했다고 생각하려나?'

　'우리 애 학원 레벨은 말하지 말걸 그랬나? 그런데 물어보는데 어떻게 말 안 해? 아니! 말하면 잘난 체한다 하고 말 안 하면 의뭉스럽다 하면 나보고 어쩌라고?'

　머릿속에서 공격형 자아와 수비형 자아가 싸우곤 했다.

　민감은 해도 눈치는 덜 보는 타입인데 이렇게 눈치를 살피며 사람을 만난 적이 있었나 싶을 정도였다. 그즈음 이미 인간 관계에 회의적인 편이어서 '싫으면 관두든가'라는 무기를 어느 정도 장착했을 때인데 이 경우는 달랐다. 나라는 사람 앞에 아이가 서 있기 때문이었다. 게다가 그 아이는 상처 받기 쉬운 초등 1학년이었다.

⚘　⚘　⚘

　아주 먼 옛날에 비가 몹시 많이 내리던 때가 있었다. 온 세상이 물에 잠기고 민들레도 꼼짝없이 물에 빠져서 목

숨을 잃을 지경에 이르렀다. 민들레는 너무 무섭고 걱정이 되었기에 그만 머리가 하얗게 세어버렸다. 물이 턱밑에까지 차오르자 마지막으로 하느님께 간절히 기도를 드렸다. "하느님 너무 무서워요. 목숨만 살려주세요." 그때 어디선가 바람이 불어와 민들레의 씨앗을 하늘 높이 날려 양지바른 언덕에 사뿐히 내려놓았다. 그 이듬해가 되어 그 자리에는 민들레의 새싹이 돋아나서 새로 자라게 되었다. 민들레는 하느님의 은혜에 깊이 감사하며 봄이 오면 밝은 얼굴로 하늘을 바라보며 웃는다. 민들레의 꽃말은 '감사하는 마음'이다.

— 다음 백과

민들레는 하늘을 향해 꽃잎이 누워 있다. 자신의 씨앗을 하늘 높이 날려 준 하느님께 감사하는 마음으로 하늘을 정면으로 바라보고 있는 것이라고 한다. 민들레에겐 하늘이 예수님이고 부처님인 것이다.

이 모습을 보고 있으면 비가 올 때나 눈이 올 때나, 더울 때나 추울 때나 자식 걱정으로 기도를 드리는 어머니들의 모습이 생각난다.

아이의 일에 비교적 무관심하던 어머니도 자식이 위기에 처하면 갑자기 전사로 변하는 모습을 종종 보게 된다. 내 아이가 잘못되는 걸 마음 놓고 지켜볼 수 있는 사람은 없다(고 믿는다). 멀리 갈 것도 없다. 개인주의자인 나도 저 상황이 되면 그 위급한 상황에서 아이라도 벗어나게 하고 싶었을 것이다. 홀홀 날아가는 씨앗을 보며 정말 감사할 것 같다.

아이 친구 엄마와의 관계, 각자의 소중한 아이를 안고 만나는 학부모 모임은 복잡할 수밖에 없다. 물론 모임에서 만난 학부모들은 아이를 학교에 보내고 나온다. 그러나 카페에 앉은 그 어머니들은 실제로 혼자가 아니다. 각각 자신의 무릎에 (눈에는 안 보이지만) 아이를 안고 있다.

예전에 한 예능 프로그램에서 본 게임이 있다. 출연진을 양 팀으로 나눈다. 출연진 양 팀 모두 가슴에 한껏 부푼 풍선을 달고 있다. 상대방 풍선 터뜨리기 게임을 하는 것이다. 시작! 하는 소리와 함께 양 팀의 출연자가 한 명씩 나와 둘이 몸으로 부딪친다. 피하고 공격하고 달아나고 반복적인 행위가 벌어진다. 그러다가 어느 순간, 출연진 중 한 명이 상대방 가슴에 달린 풍선을 터뜨린다. 풍선이 터진 사람은 게임에서 졌다. 탈락이다.

학부모 만남은 이 게임과 비슷한 듯 다르다. 자신의 가슴에 달린 풍선은 내 아이다. 풍선을 가슴에 매단 순간, 아무리 사회에서 유명세를 떨치고 있다 해도 빨간 풍선을 매단 어머니는 자신의 이름 대신 빨간 풍선 엄마가 될 뿐이다. 내가 아닌 내 아이 엄마로서 만나는 것, 학부모 모임의 본질이다.

다만 그 게임에서는 상대방 가슴에 있는 풍선을 터뜨리려는 것이 게임의 본질이지만 실제 학부모 만남은 상대방 가슴에 있는 풍선(아이)을 터뜨리지 않아야 하는 것이 만남의 본질이다.

내 풍선도 (내 아이) 상대방 풍선도 (그 집 아이) 터지지 않을 때까지만 유효한 관계. 아이가 상처 받거나 위태로운 일이 생기면 그 만남은 대부분 종료된다. 그만큼 조심할 수밖에 없다. 그런데 날마다 뛰어 놀고 다투기도 하며 크는 초등학생들에겐 조심하란 말이 무색하다.

᜶   ᜶   ᜶

친구 P의 조언 덕분에 학부모 모임에서 풍선이 터지지 않을 만큼 안전거리를 유지하면서 지내고 있었다. 그러다가 작은아이 초등학교 2학년에 큰아이가 고등학생이 되면서 주말 나들이에 한계가 왔다.

큰아이 학원 데려다주고 저녁 식사시간 안에 갔다 올 수 있는 곳이라곤 기껏해야 동네 꽃시장이나 과학관, 박물관, 미술관 정도인데, 이미 그곳들은 내부 안내도를 그릴 수 있을 정도로 방문이 잦았던지라 더 이상 버티기 힘들었다.

조용한 큰아이와 달리 활동적인 작은아이는 뛰어 놀고 싶어 했고, 그런 아이가 집안에서 방바닥을 긁고 있는 걸 보고 있자니 내가 답답해 안 될 지경이었다.

고민 끝에 내 일생에 한 번도 없었던 일을 저지르기로 했다. 아이들 농구팀 수업 짜기. 팀을 만들려면 아이 친구 어머니들께 전화해 승낙을 받아야 했다.

관계 유지보다 관계 맺기에 좀 더 수동적인 나로서는 생각만 해도 머리카락이 곤두설 정도로 벅찬 일이었다. 한평생 먼저 모임을 주도한 적이 없고 늘 불러주면 불러주는 곳으로 못 이기는 척 찾아 들어갔던 내가, 그 어렵다는 학부모 세계에서 무려 팀 결성을 하게 된 것이다. 다행히 10명으로 예정된 농구팀은 연락하자마자 순조롭게 구성됐다. 팀원들 바람대로 농구팀 학부모 모임도 가졌다. 모임에서는 아이들 이야기도 하고 때론 집안 이야기도 하며 지냈다.

그렇게 2년쯤 지났을까. 하루는 모임을 마치고 집에 돌아왔는데 여느 때와 달리 피곤하지 않았다. 친구를 만나고 온 날처럼 마음이 개운했다. 생각해 보니 어느새 내가 조금씩 갑옷을 벗고 있었나 보다. 가뿐했다. 그 후로 수년간 팀은 유지됐다. 아이들의 주말 일정이 바빠지면서 팀은 해체했지만, 그 학부모들은 만나면 편안하고, 안 좋은 일이 있다면 서로 걱정하는 마음을 이어가고 있다.

　지금 이 글을 쓰면서 생각해 보니 그 어렵다는 고난도 문제의 실마리를 찾은 느낌이다. 삶의 고난도 문제라면 지레 겁먹고 포기하던 나만의 약점을 극복하고, 지시문 단어 하나하나 조심하며 읽어 내려가 조금씩 문제를 풀 수 있었다.

　학창 시절이 생각난다. 쉽다고 자만하며 풀었던 문제는 어이없이 틀리고, 어려운 문제는 신중하게 읽어 내려가 풀어냈던 기억. 그런 일은 관계에서도 일어나나 보다.

'무엇'이 아닌 '어떤'을 향하여

새 싹

씨앗이 발아하여 본 잎이 나오기 전의
상태를 말한다.

"엄마는 그거 해서 뭐 하려고 그래요?"

큰아이한테 자주 듣는 말이다. 새로운 일을 즉흥적으로 잘 저지르는 나를 보면 큰아이는 물론, 남편도 이해가 안된다는 표정으로 묻곤 한다. 사실 그렇게 말할 만도 하다. 일단 시작했으면 꾸준히라도 하면 모르는데 처음엔 열정적으로 하다가 어느 순간 심드렁해져서 팽개치는 일이 다수다.

난 '무언가'를 시작할 때, 그냥 그 '무엇'을 하려고 하지 '무엇'을 해서 '또 다른 무엇'을 하려고 하지 않는다. 거창한 듯 말하지만 한마디로 계획성이 없단 뜻이다. 그래서 저 두 사람은 날 이해하기 어렵다.

반면 작은아이는 늘 그렇듯이 나와 비슷도 아니고 같은 입장이다.

"그냥 엄마가 좋으면 하는 거지. 꼭 뭘 해야 하나?"

내가 엄마여서 제일 행복하다는 작은아이는 오늘도 내 든든한 지원군으로 나서 준다.

평소 아빠의 노선을 이어가는 큰애가 다시 추월한다.

"엄마는 다른 거 쓰지 말고 그냥 해리포터 같은 작품 하나 써 보세요. 그렇지 않고선...(의미가 없다는 말을 하고 싶은 거겠지?)"하며 또 한 번 내 노선을 침범한다. 아들아 고맙다. 내가 해리포터를 '안' 쓰는 걸로 보다니...

우리 식구는 삶을 대하는 태도에 따라 '파'가 나뉜다. 좌파 우파도 아니고 아빠파 엄마파로. 남편과 큰아이는 외모도 닮은 데다 삶을 대하는 태도도 비슷하다. 목표지향적인 태도의 전형이다. 일단 목표가 생기면 '하면 된다'는 말을 가슴에 문신으로 새기고 돌진한다. 항상 '되는' 상상을 하며 그 상상을 연료 삼아 자신의 노력을 채워 넣는다.

이 두 사람을 조금 거리를 두고 봤다면 '대단하다' 했겠지만 그들의 모공수까지 셀 수 있는 거리에서 보다 보니 의외의 것을 알 수 있다. 스트레스를 분출하는 심장 박동 소리가 들려온다.

"당신과 큰애는 꼭 목표가 인생의 주인 같아. 정작 자신들은 목표의 도구 같고. 꼭 목표라는 팽이 줄로 자신을 팽이 돌리듯이 돌리더라."

"뭐든 목적을 가지고 하는 게 좋은 거야. 그래야 좀 더 발전적이지."

역시나~ 기대를 저버리지 않고 하나 마나 한 이야기를 영혼 없이 흘린다.

그들은 늘 '하나의 목표를 향해 전력 질주하고 나서 목표를 성취하곤 한다. 그리고 다시 내비게이션 재설정을 하듯이 다음 목표를 설정한다. 그들의 인생은 목표 설정. 목표 쟁취를 위한 돌진, 성취의 조합으로 이루어져 있다. 항상 지금 '하는 것'은 미래의 '되는 것'의 기반이 된다. 이런 순환이 일회적으로 끝나는 것도 아니다. 끝없이 이어지곤 한다. 그렇게 '되고' '되고' '되려고' 살아간다.

항상 목표를 향해서만 달리는 사람들을 보고 있으면 난 마음이 한 발자국 뒤로 물러선다. 상대방의 마음의 기차에 올라타 함께 창밖을 보며 속도감을 느끼지 못한다. 이야기를 듣다가 말고 나 혼자 조용히 기차 뒷문으로 빠져나와 기차를 떠나보내고 나서야 멀미에서 벗어나는 느낌이다. 그런 분리감이 늘 있다.

나와 작은아이는 목표지향적인 삶을 거부하고 가치지향적인 삶의 태도를 취한다. 이런 태도가 순수하게 이상적인 생각으로만 출발한 것은 아니다. 결과론적인 영향도 꽤 있다.

"하면 된다고? 흥! 되니까 하는 거지" 하며 '되는 것'에 대해 애써 초월한 척 한다. 실제로 우리 둘은 체력도 의지도 약한 편이어서 '해도 되지 않았던' 크고 작은 경험들을 수북하게 쌓아 놓고 있다. 머릿속 떠오르는 목표를 애써 삭제하는 버릇은 수많은 실패의 경험에서 비롯된 것이다. 애초에 목표가 없으면 실패도 없다는 얄팍한 생각을 가지고 있다. 넘어지지 않으려고 뛰지

않고 걷는 것처럼 말이다. '되는 것'에 대한 생각을 비우고 '그냥 한다.'

우리 일상에 목표라는 것은 정면에 있지 않다. 가던 길의 옆면에 흩어져 있을 뿐이다. 한 발자국 한 발자국 가다가 줍게 되면 줍는, 대신 현재의 시간의 가치에 관심을 모은다. 그럼에도 결과에 대한 기대감은 수시로 은밀하게 찾아온다. 그때마다 정기적으로 미장원에 가서 머리를 자르듯이 자라난 기대를 잘라낸다(그러니 실패가 쌓이지, 인정한다).

물론 가치지향주의 삶의 본연의 모습도 사랑한다. 내 손에 무엇을 쥐었는지보다 나 자신이 멋있어지고 싶다(는 배부른 소리를 입 밖으로 하고 다니진 못해도 마음속 깊이 늘 저장해 놓고 있다). 어설픈 목표에 집착하며 내가 바라보는 내가 우스워지는 게 싫다.

남편과 큰아이, 두 사람을 보고 있으면 우리 집 거실 벽 위에 걸려 있는 그림 액자 같다. 벽에 박은 못에다가 액자 뒷면의 고리를 걸고 있는 그림. 위에 올라가 있지만 왠지 불안하다. 나로선 못이 지탱하는 힘을 믿고 나 자신을 내맡긴다는 것 자체가 애초에 모험 같아 보인다. 또한 자신의 뒷목에 달린 고리의 힘에 의지해 걸려 있는 것도 위태롭게만 보일 뿐이다.

나와 작은아이는 바닥에 땅을 대고 앉아 있는 도자기 화분 같다. 벽에 걸린 액자에 비해 떨어질 염려는 없지만 지나가던 이의 발걸음에 자주 치이곤 한다. 위태롭거나 치이거나.

※ ※ ※

11월은 꽃시장 비수기다. 딱히 예쁜 제철 꽃이 없다 몇 년 전 11월, 꽃시장을 한 바퀴 돌고 나오면서 빈손이 허전했던지 아이는 꽃씨를 두 봉지 샀다.

"이거 사다 심으려고?"

"네, 한번 해 보려고요."

"음... 쉽지 않을 것 같은데... 그래, 해봐."

그날 작은아이는 흙과 그 씨앗용 화분까지 사 가지고 집에 와 모종삽으로 흙을 담고 씨앗을 심었다(이런 힘든 일은 늘 아이 몫이다. 아이는 흙을 만지는 걸 즐긴다). 그리고 틈만 나면 발코니에 나가 화분을 살펴봤지만 좀처럼 새싹은 나지 않았다. 화분 네 개에 나눠 심은 씨앗은 결국 흙 속에서 나와 보지도 못하고 모두 잠들었다.

나는 우리가 화분에 씨앗을 심고 지켜보는 동안, 남편과 큰 아이의 시각으로 화분을 바라보고 있다는 것을 깨달았다. 씨앗을 심으면서 '되고 싶다'는 자세를 간접 경험해 보게 된 것이다.

흙 속에 씨앗을 심었을 때, 흙을 바라보며 '새싹'을 '미리 보기' 한다. 씨앗이 새싹이 되어야만 성공한 것 같다. 씨앗 발아에 실패한 뒤 어린 모종을 사다 심었을 때도 마찬가지였다.

새싹을 보면서 '어린 나무'를 '미리 보기' 한다. 새싹이 잘 자라 잎을 무성하게 달아야만 성공한 것 같다.

어린 나무 모습에선 늘 '꽃'을 '미리 보기' 한다. 꽃이 피어야만 될 것 같아 어느 순간부터는 조바심이 난다.

늘 한 단계 앞당겨 그 모습을 상상하고 기대한다. 지금의 모습보다 '되고 난' 후의 모습을 미리 보기 하며 기대하고 기다린다. 미리 보기는 '되고 싶다'의 시선이다. 늘 다음 단계로의 도약을 꿈꾸지만 다음 단계에 이르면 또 다음 단계가 눈에 들어온다. 이 순환은 끝이 없다.

목표지향적인 태도인 남편과 큰애의 심정을 알 것도 같았다. 내 안에도 사실은 목표지향적인 면이 상당히 많이 있다는 것을 알게 됐다. 단지 아프기 싫어서 애써 외면했을 뿐. 오히려 솔직히 직진하는 그들이 부러워졌다.

그런 생각을 다시 나의 일상에 적용해 봤다. 내가 하고 싶은 것은 글을 쓰는 것이다. 목표지향적인 태도로 글을 쓴다면 어떤 단계를 거치게 될까 생각해 봤다.

일단 작가로 입문해야 한다. 씨앗에서 새싹이 돋아나는 단계에 해당한다. 작가가 되면 출간을 하려고 한다. 한 권, 두 권 책을 출간하는 것은 새싹이 가지에 잎을 무성히 다는 과정이다.

출간 작가가 되고 나면 베스트셀러 작가가 되고 싶다. 베스트셀러 작가가 되면 그제야 작가로서 꽃을 피웠다고 생각할 것 같다. 그런데 한 번 베스트셀러 작가가 됐다고 목표를 이루었다고 생각할까?

아니다. 나도 한 해 꽃 피운 화분이 다음 해 꽃을 못 피우면 그 식물 키우기는 실패했다고 생각하곤 했다. 마찬가지로 바로 다음 책에서도 이어서 베스트셀러 작가가 되어야 한다는 압박감에 시달릴 것이다. 다음 책에서도 베스트셀러가 된다면 또 다음 책... 결국엔 스테디셀러 작가가 되고 싶은 목표가 생길 터.

그렇게 스테디셀러 작가가 되었다 해도 그 이후에 나온 책의 반응이 안 좋으면 바로 한물갔다는 소리를 들으며 한때 베스트셀러 작가라는 과거형 수식어를 앞에 붙이게 될 수도 있다. 현실은 냉혹하다.

'하다'는 능동적이다. 미래에 매이지 않는다. 새싹을 그냥 새싹으로 본다. 글을 쓰는 자체를 즐기는 거다.

'되다'는 수동적이다. 되기 위해서는 타인의 평가에 기대야 한다. 내가 애써 외면했던 지배받는 삶, 수동적인 삶에 직면할 수밖에 없다.

오랫동안 수동적으로 살고 나서 후회에 후회를 거듭해왔다. 분명 성실하게 살아왔던 것 같은데 어느 순간 주위를 둘러보니 낯선 곳에 이르러 있었다. 나의 의지가 소멸된 곳. 그곳에서 한동안 길을 잃고 헤맸다. 그 뒤 마음 단련의 결과. 이제야 내 안에 인정 욕구를 소멸시키고 나서 자유로움을 누리게 됐다.

지배하려는 이에 대한 거부감이 유난히 많은 나는, 이제부터는 수동적인 평가를 받아야 하는 '되고 싶다'를 이탈해 무작정 걸어 나가며 '하고 싶었다' 그런데 아무리 목표를 지워도 '하고 싶다'의 끝에 따라 나오는 '되고 싶다'를 직면하게 된다. 도달하려고 노력하기도, 애써 외면하기도 너무나 어려운 관문이었다.

그런 고민을 하던 중 내가 좋아하는 작가들이 떠올랐다. 내가 그 작가들을 좋아할 때의 마음을 그려봤다.

처음엔 책을 읽다가 문장 속에서 나를 발견할 때, 찾아드는 일치감에 외로움을 위로받는 느낌이었다. 그런데 그것만으로는 부족했다. 어느 순간 나와 다른 편에 서 있는 작품 속 이야기를 이해하고 싶어졌다. 생각지도 못했던 방향으로 가는 작가의 해법이 유난히 설득력 있게 다가왔다. 문득 그 낯선 길을 따라가고 싶기까지 했다. 이런 감정이 스며든다는 것은 이미 난 그 작가의 작품을 좋아한다는 것이었다.

나와 작품 속 화자의 공통점을 찾아가는 소극적 일치가 아닌, 그와 공통점을 만들어가고 싶은 적극적 일치의 충동을 불러일으킬 때, 비로소 난 그 작품과 더불어 그 작가를 좋아하게 됐다.

그 작가가 베스트셀러 작가이기 때문도 아니고 스테디셀러 작가이기 때문도 아니었다. 결국 작가가 그 '무엇'이기 때문이 아니라 '어떤' 작가이기 때문에 좋아한 것이다. 그런 생각에서 내가 나아가야 할, 외면할 수 없는 '되고 싶다'의 방향을 찾을 수 있었다.

'무엇'을 먹고 싶니? 라고 묻는다면 '쌀국수'라고 말할 수 있지만 '어떤 음식'을 먹고 싶니'라고 물으면 '먹고 나면 몸이 따뜻해지고 개운해지는 음식'이라고 말하곤 한다(전에 외국인한테 '어떤'을 가르칠 때, 참 재미있었다).

나는 '무엇'으로 규정할 수 있는 작가가 되고 싶다기보다 '어떤' 작가가 되고 싶다. '어떤'의 자리에는 목표가 아닌 가치를 담을 수 있기 때문이다.

그 어떤 자리에 나만의 수식어를 채워 넣고, 그 수식어로 나를 만들어가려고 한다.

물론 글만 아니라 글을 쓰는 나의 모습, 글을 쓰는 나의 삶도 병렬적으로 가꿔나가야 할 것이다.

작가의 삶이 먼저고 그 이후에 나오는 것이 글이므로.

기쁨을 나누면

질투가 된다고요?

포인세티아
Euphorbia pulcherrima

멕시코가 원산지로 관상용으로 작은
화분에서 기를 경우가 많다.

한때 인터넷에 '기쁨을 나누면 질투가 되고 슬픔을 나누면 약점이 된다'는 말이 떠돌았다. 그 말은 내 아픈 기억을 소환시켰다.

몇 년 전 기쁜 소식을 듣고 친구를 찾아갔을 때, 친구의 눈에 비친 감정을 보고 실망한 적이 있다. 분명 그 눈에서는 뺄셈이 일어나고 있었다. 내 기쁜 상황에서 친구 자신의 처지만큼을 뺐을 때 나오는 답의 양만큼의 씁쓸함. 그 씁쓸함을 보고 친구가 나를 질투한다고 생각했다. 그리고 마음의 문을 반만큼 닫았던 것 같다.

어려운 일이 몰아닥칠 때나, 슬픈 일이 있을 때는 손을 잡고 위로해 주던 친구가 나의 기쁜 일에는 자신의 처지를 동시에 비춰보며 한걸음 물러서는 건 왜일까? 아마 친구는 내 슬픈 일을 통해서도 자신의 상황을 바라봤을 것이다. 내 딱한 사정과 친구 자신의 상황을 나란히 놓고 저울질하고 있었는지도 모른다. 그리고 그 저울질 결과 '내 상황은 이만하면 괜찮구나' 하고 이기적인 위로를 얻었을 수도 있다.

친구 입장에서는 내가 잘 되길 바라지 않아서가 아니다. 더더군다나 내가 안되길 바라지도 않는다. 다만 사람이기에 눈앞에 펼쳐진 상황과 자신의 상황을 동시에 저울에 올려놓은 것뿐이다.

한참 후에야 깨달았다. 친구가 자신의 상황을 덜어내고 온전히 내 기쁨에만 흠뻑 빠져주기를 바랐던 내 마음이 무리일 수 있었다는 것을, 어쩌면 애초에 내가 더 이기적인 것일 수도 있었다는 것을.

⚘　　⚘　　⚘

크리스마스는 종교를 떠나서 많은 사람들에게 축제 같은 날이다. 이즈음 눈에 띄는 식물은 단연 포인세티아다. 추운 겨울에 빨갛게 물든 잎은 꽃을 대체하고도 남음이 있다. 우리 집 거실 창가에도 매년 크리스마스 열흘 전엔 포인세티아가 줄지어 나란히 서 있다. 시즌을 넘기지 못하고 매년 새로 사야 하는 번거로움과 안타까움이 있지만 포인세티아를 대체할 만한 식물을 찾지 못했다.

포인세티아를 겨울에 많이 볼 수 있다고 해서 추운 곳에서도 잘 견딜 수 있을 것이라는 생각은 오산이다. 포인세티아는 멕시코 원산의 열대나 아열대 지방에서 자라는 작은 나무로 찬바람을 살짝만 맞아도 잎이 축 처질 수 있다. 포인세티아에서 우리가 꽃이라고 보는 붉은 부분은 꽃이 아닌 '포엽'이다. 포인세티아의 진짜 꽃은 잎 가운데에 있으며 노란색의 둥근 열매같이 생겼다. 자세히 보면 그 둥근 열매 안에 작은 입술 모양의 꿀샘과 수꽃, 암꽃이 함께 피어난다.

— 다음 백과

포인세티아의 꽃말은 '축하합니다' '축복합니다'이다. 그런데 이 아이가 사실은 추위에 약하단다. 멀리 멕시코가 원산지인 이 아이는 추운 겨울, 크리스마스 시즌에 우리의 들뜬 기분을 장식해주기 위해 찾아오지만 자기 자신은 추위에 떨고 있는 것이다.

더군다나 그 빨간 잎은 꽃의 빈약함을 보완하기 위한 것이다. 우리가 꽃이라고 보는 붉은 잎은 꽃이 아닌 '포엽'이다. 포인세티아의 진짜 꽃은 잎 중앙에 자리 잡고 있으며 노란 씨앗 같이 생겼다. 보잘것없는 꽃의 모양을 타고난 탓에 꽃으로는 부족해서 잎을 붉게 물들여 화려하게 자신을 장식한다고.

그렇게 자신의 상황을 힘겹게 극복하면서도 포인세티아는 우리에게 축하의 메시지를 전하는 것을 게을리하지 않는다. 꽃이 빈약해 잎을 빨갛게 물들인 채, 열정을 더한 붉은 마음으로 축하를 건네는 것이다.

슬픈 일보다 기쁜 일이 있을 때, 연락하는 친구의 순서를 정하는 데 공들이는 편이다. 내 기쁨이 오래 유지되려면 데칼코마니처럼 나의 감정을 재현해줄 친구까지는 아니라도 내 앞에서 대놓고 저울질하는 친구는 피하는 것이 좋겠다고 생각하기 때문이다. 그럴 때마다 가장 먼저 떠오르는 친구가 있다.

그 친구는 사람에 대한 이해는 애써 높이고 기대는 내려놓으려는 나의 태도를 무장해제시키곤 한다. 이것저것 따지지 않고 내 마음을 전하면 이것저것 가리지 않고 내 마음을 복사해준다. 몇 년 전 어느 날, 기쁜 일을 알리려고 만났던 첫 번째 친구한테 받은 실망을, 두 번째로 만난 이 친구가 다 덮어주고도 남을 만큼 축하해줬다.

그 친구는 평소에 감정 기복이 심하지 않다. 늘 무덤덤하게 자신의 주파수를 일정하게 고르는 친구다. 어려서 힘든 상황을 겪었고 그래서 인생의 굴곡이 남보다 깊었던 친구, 37년 친구지만 친구의 가정환경을 속속들이 알게 된 것은 이십여 년 전이다. 어느 날 자신의 지난 아픔을 이야기하길래 그 앞에서 같이 한없이 울어버렸다. 그 전에는 어렴풋이 알고 차마 물어보지 못했다.

그런 친구가 나의 기쁜 일엔 한없이 소리를 높여 축하해 준다. 그 순간 자신과 나의 상황을 비교하지 않고 오롯이 '내'가 되어준다. 마치 따뜻한 멕시코에서 추운 한국에 넘어와, 꽃 대신 잎으로 크리스마스를 붉게 물들이며 축하해 주는 포인세티아 같다.

어쩌면 그 친구와 포인세티아의 축하는 자신의 아픔을 딛고 피어난 것인지도 모르겠다. 살면서 자신의 고통을 상대방을 향한 포용력으로 승화하는 사람을 만난다는 것은 행운이다. 대부분의 아픔은 그저 움츠림으로 변질되곤 하기 때문이다. 내 친구와 포인세티아는 자신의 고통을 내려놓고 세상을 향해 마음을 연다. 그 둘이 한없이 축하를 건네는 모습은 드물기 때문에 더 귀하고 값지다.

여느 때보다 일찍 눈 뜬 아침, 문득 그 친구의 축하를 받고 두 배로 기뻤던 몇 년 전 어느 날을 생각한다. 진정한 기쁨의 완성은 함께 나눌 이와 마주했을 때라는 걸 느낀 하루였다.

이 아침, 그 친구에게 축하해 줄 일이 한가득 찾아오기를 간절하게 소망해본다.

네 것이 내 것이고

내 것은 내 것이라고요?

 잡초

가꾸지 않아도 저절로 나서 자라며 생
활에 도움이 되지 않는 풀이다.

몇 년 전 프리랜서로 글 쓰는 일을 한 적이 있다. 각자 준비한 기획안으로 1차 파트별 회의를 한 뒤, 통과한 아이템을 전체회의에 내놓는 방식이었다. 내가 준비한 기획안을 가지고 1차 회의에 갔다. 내 기획안을 본 팀장은 3초간 눈에 힘이 들어갔다가 빠졌다.

　　"음, 이 문제를 지금 다루는 것은 별로 의미가 없어요. 그 사안에 대한 대책이 이미 예전에 나왔기 때문이죠."라고 말하며 내 기획안을 옆으로 미뤄놨다. 난 억지로 미소 지으면서 민망함을 감췄다. '내가 보는 시야가 좁았구나'라고 좀 더 자료조사를 하지 못한 나 자신을 자책했다.

　　그 다음 주 전체회의 날. 전체회의 자료를 받아 자리에 앉았다. 전체회의 자료는 지난주 제출한 기획안 중 통과한 것을 모아 정리해 놓은 것이다.

　　차를 마시며 자료를 뒤적이는데, '앗? 이건 뭔가?' 지난번 내가 냈다가 그 자리에서 퇴짜 맞은 기획안이 제출자 이름만 팀장 이름으로 바뀌어 그 안에 들어 있었다.

'내 앞에서 거절했던 내 기획안을 자신의 이름으로 바꿔 내? 내가 여기에 없는 것도 아니고 마주 보고 앉아 있는데? 그러고 내 얼굴을 어떻게 보려고?'

　그 이후에 그 팀장과 눈이 마주치려고 시도했다. 오랜 시도 끝에 만난 팀장 눈동자, 그 속을 아무리 뒤져도 그 안에 죄책감은 없었다. 오히려 눈썹에 잔뜩 힘이 들어가 있었다. 결국 눈싸움에 진 건 나였다. 난 팀장을 응시하던 눈을 노트북으로 옮겼다. 너무나 당당한 모습에 '내가 뭔가 착각했나?' 싶어서 내 노트북 안에 밀어 넣었던 기획안을 펼쳐봤다. 노트북 안에서 펼쳐진 기획안은 '난 네 것이 맞아' 하고 소리치는 듯 유난히 또렷한 글씨로 둥둥 떠 있었다. 저장된 날짜와 함께.

⚜ ⚜ ⚜

　어렸을 때, 엄마는 마당에 나갔다 들어오면 "아휴, 또 잡초가 자랐네. 지난달에 다 정리했는데"라며 잡초 때문에 골치 아파했다. 그 모습이 평소 여유 있는 엄마 모습하고 달라서 의아했다. 내 눈에는 잔디나 잡초나 어차피 푸르른 건 마찬가지로 보였기 때문이다. 그 당시에 난 '잡초와 잔디가 사이좋게 살면 되지'라고 생각했다.

알고 보니 잔디와 잡초는 공생할 수 없다.

> 잡초는 경쟁력이 강해서 어떻게든 잔디의 영양분을 다 빼앗아 먹는다. 게다가 잔디에 병을 일으키는 생물의 숙주가 되기도 한다. 잡초는 물·햇빛·영양분을 얻기 위해 재배 식물과 경쟁한다. 많은 잡초들은 식물의 병을 일으키는 생물체들의 숙주가 되기도 하고 곤충에 의해 매개되는 병의 숙주가 되기도 한다.
>
> — 다음 백과

자신이 먹을 게 아닌데 중간에 가로채서 먹고 잘 자라는 잡초. 그 생명력 또한 질기다. 어디서 나타났는지 모르게 불쑥 등장하기도 한다. 그대로 놔두면 키우려던 식물이 위태로워진다. 뽑아내야 한다. 그러나 안타깝게도 잡초를 뽑는 것보다 잔디가 먼저 죽는 일도 자주 발생한다.

실제로 내 기획안의 이름만 바꿔 낸 사건이 있고 나서, 얼마 뒤 또 다른 표절 문제(이 표절은 팀 내 다른 사람의 표절)가 내 눈에 들어왔다. 그리고 고민은 시작됐다.

'여기를 그만둬야 하나, 다녀야 하나.'

사실 그 당시 내 상황에서는 풀타임 직업보다는 프리랜서가 더 맞았다. 한 달에 한두 번만 나가서 회의를 하면 되고 대부분의 일은 집에서 할 수 있었기 때문이다. 놓치기 아까웠다.

'이 정도 되는 일을 찾기는 쉽지 않을 텐데...' 하며 이리저리 재보기도 했다.

고민 끝에 결국 그만두었다.

'다닐까? 관둘까?' 두 갈래의 길 중 관두는 쪽을 선택하게 된 가장 결정적인 이유는 그사이에 변한 내 태도였다. 첫 번째 표절을 직면했을 때의 충격만큼 두 번째 표절을 마주했을 때 충격은 크지 않았다. 그사이 난 익숙해졌던 것이다. 나쁜 것에 적응해가는 것이 두려웠다. 그 두려움이 그 직장의 유익함보다 커서 그만두었다.

타인의 것을 자신의 것으로 둔갑시키는 것, 네 몫을 탐해 내 몫으로 하는 잡초 같다. 살아가면서 사람과 관련된 일에서만큼은 부정을 허용하는 '실속'보다는 '가치'에 더 의미를 두고 싶다. 부정을 눈 감은 채 실속만 쫓아가다 보면 점점 질주하게 되는 반면, 가치를 쫓아가다 보면 여유가 생기기 때문이다. 실속을 챙기면 당장 손에 몇 개를 쥘 수 있을 뿐이지만 가치를 쫓아가다 보면 나 자신이 멋있어진다고 믿기 때문이다. 나는 무언가를 양손에 가득 든 것보다는 나 자신이 멋있어지고 싶다.

실제로 멋있는 잡초는 없다. 다른 식물의 영양분을 빼앗아 먹

이름 있는 풀도
새로운 환경에 적응하지 못하면
잡초가 되기도 한다 .

고 무럭무럭 자랄 뿐, 꽃을 피우지도 열매를 맺지도 못한다. 그저 쑥쑥 자랄 뿐이다. 그러다 결국은 뽑힌다. 그게 그들의 운명이다. 그 모습에 실속만 좇아 타인의 노력을 가로챈 사람들의 모습이 겹쳐진다.

그러나 현시점에서만 잡초를 보고 판단하면서 마냥 미워할 수만은 없다.

> 인간은 식물을 재배하기 시작한 이래 농작물 경작지에 침범하는 잡초와 싸워야 했다. 어떤 잡초들은 처음에는 예상하지 못했던 가치가 훗날 발견되어 잡초의 목록에서 그 이름이 삭제되고 재배되었다. 반면 재배 식물을 새로운 기후대에 이식하면 잘 자라지 못해 잡초가 되는 경우도 있었다. 따라서 잡초는 항상 범주가 바뀌는 상대적인 개념이다.
>
> — 다음 백과

재배 식물을 새로운 기후대에 이식하면 잘 자라지 못해 잡초가 되는 경우가 있다고 한다. 잡초가 아닌 이름 있는 풀이 새로운 환경에 적응하지 못해서 잡초가 되기도 한다는 것이다. 태생적 잡초도 있지만 부적응으로 인해 잡초가 된 경우도 있다니 놀라운 사실이다.

문득 내 과거를 돌아본다. 내가 적응을 못해 잡초가 될 수도 있었던 시절은 언제였을까?

대학교 어학당에서 한국말을 가르쳤던 때가 떠올랐다. 내 전공은 국어학이 아니다. 외국어를 전공한 내게, 한국말을 가르친다는 것은 외국인과 의사소통이 된다는 이점은 있었지만 한국말에 대한 전문성은 부족했다. 물론 대학원에서 대조 언어학을 전공했기 때문에 아주 무지하지는 않았지만 그래도 부족한 점은 많았다.

처음 강의하던 해에는 집에서 강의 준비하는 시간이 강의하는 시간의 몇 배나 걸렸다. 예상 질문까지 만들어 상황별 예시를 마련해 놓지 않으면 불안한 성격의 소유자이기 때문이다. 그 준비과정에 좀 석연찮은 부분이 있을 때면 아침 출근시간에 마음이 무거웠다. 출근길에 음악도 듣지 않고 그 부분을 계속 되뇌곤 했다.

그렇게 도착한 뒤, 아침 회의시간, 그날 가르칠 문형에 대해 선배님들이 간단하게 설명해 주는 시간이다.

"이 문형을 가르칠 때는 다른 문형과 비교 제시를 잘해야 합니다. 이 문형과 다른 문형의 차이는 이런 방식으로 접근해 설명하면 좋습니다."

'아... 며칠째 밤낮으로, 오늘 아침 출근시간까지 붙들고 있던 엉킨 줄이 이렇게 한 번에 풀리는구나.'

회의가 끝나고 가벼워진 마음으로 강의실로 이동하는 중 회의를 주관했던 선배님은 내게 다가왔다.

"선생님, 어려운 점 없어요? 가르치다가 막히는 부분 있으면 언제든지 물어봐요. 난 강의 끝나고도 어학당에 저녁 때까지 있으니까."

"..... 아..... 네."

그 말을 하는 선배님의 모습이 어찌나 멋있어 보이던지, 나는 '네'라는 그 한마디를 버벅거리며 해버렸다.

그 후로도 회의시간마다 선배님들은 수년, 십수 년간 자신이 축적한 노하우를 아낌없이 방출해 주었다. 그 시간들이 축적돼 한 학기 뒤에는 나도 회의를 주관할 수 있고 나만의 방법도 곁들어 발표할 수 있었다. 선배님들 덕분에 무난하게 그 직업에 안착할 수 있었던 것이다.

그때 도움을 안 받았다면 난 그 조직에서 별로 쓸모없는 구성원이 된 채, 월급만 축내는 잡초가 될 수도 있었다. 그 후로 10년 넘게 행복하게 학생들을 가르칠 수 있었던 것은 초창기 적응기간에 내가 뿌리를 잘 내리도록 선배님들이 도와준 덕분이다. 그 감사한 마음을 잊지 않고 퇴사할 때, 몇몇 분께 책상에 선물을 놓아두고 나왔다(퇴사는 일부러 방학 때 조용히 했다).

남편은 "난 태어나서 퇴사하면서 선물 주고 나가는 사람을 본 적이 없어!"라고 그 선물을 자신이 받고 싶다는 듯 이해할 수 없는 표정을 지었지만, 뭐 어떤가. 어차피 이해받으려고 한 행동이 아닌데......

누군가 새로운 분야에 발을 디디고 두리번거릴 때, 따뜻하게 손을 잡아주는 것, 이정표를 꽂아주는 것은 그 사람이 낯선 곳에 뿌리를 내리는 데 도움을 준다. 제대로 뿌리를 못 내리면 그 사람은 자신의 정체성을 잃고 잡초가 될 수도 있기 때문이다.

상대방이 낯선 곳에 뿌리를 내리고 적응하도록 도와주는 것은 그 사람의 이름을 지켜주는 의미 있는 일이다. 그런 도움을 받았던 기억이 있기 때문에 나도 도움을 주고 싶은 사람이 되고 싶었는지도 모른다. 그야말로 선배님들로부터 시작된 선순환이다.

나 자신이 잡초가 되지 않으려는 노력과, 타인의 이름을 지켜주기 위한 노력이 모여 푸른 잔디밭이 유지될 것이다. 그곳에서 아이들이 자유롭게 뛰어놀 수 있었으면 좋겠다.

상처 받은 내면아이를 보듬다

식물 분갈이

화분에 심은 풀이나 나무를 다른 화분
에 옮겨 심는 것을 말한다.

난 장소에 대한 애착이 강하다. 가끔 추억 되감기를 하느라 연도별로 되짚어 보면 보고 싶은 사람보다 그 당시 갔던 장소가 먼저 떠오르기도 한다. 그만둔 직장을 생각하면 그 직장의 로비, 책상으로 보던 전망, 건물로 들어가는 길의 가로수 등이 눈앞에 그려진다. 어느 날 어렸을 때 살던 옛 동네에 대한 그리움이 가득 차오르면 무작정 차를 몰고 나가기도 한다.

　그렇게 가 본 옛 동네는 전보다 길도 좁고 집도 작아 보이지만 그 시절 그 정취는 그대로였다. 주택가라 주차할 공간이 없어서 서서히 차로 한 바퀴 두 바퀴 같은 자리를 맴돌아봤다. 어렸을 때 나의 하루가 그 골목에 곳곳에 스며들어 있다가 내가 왔다고 뿜어내는 것 같았다. 뿜어내는 기억을 받아 마시고 있다 보면 내가 되감기 하고 있는 시절이 과거인지 현재인지 헷갈릴 정도였다.

　초등학생 때 수시로 들락거리던 슈퍼마켓, 미장원 자리에 새로운 건물이 들어서 있었다. 분명 내 눈에 펼쳐지는 건 다른 건물인데 내 눈에만 옛 슈퍼마켓과 미장원이 보였다. 옛 건물뿐만

이 아니라 옛 기억도 하나씩 피어올랐다.

　미장원에 가서 머리 자르고 나오는데 마음에 안 들어서 울적했던 기억, 목욕탕 앞에서 친구를 만나서 당황했던 기억, 하굣길, 친구와 같이 아이스크림 먹으며 이런저런 이야기를 나누던 기억. 그 기억들이 아직까지 남아 있었는지조차 몰랐는데 예전에 살던 동네에 가니 하나둘 되살아났다.

　어렸을 때 살던 곳은 단순히 내게 추억의 장소를 의미하는 것이 아니다. '과거의 나'를 저장해 추억과 함께 전해주곤 했다. 집에 돌아오는 길, 어린 시절의 나를 만나고 오는 느낌이었다.

⚘　⚘　⚘

　거실에서 차를 마시며 창가를 바라봤다. 창가 산세베리아가 제법 자랐다. 화분에 비해 몸집이 큰 산세베리아가 갑갑해 보였다. 좀 더 큰 집으로 옮겨줘야 할 것 같아 인터넷을 뒤적여 본다.

　요즘엔 흙도 참 다양하다. 검색어에 '분갈이 흙'이라고 쓰고 엔터키를 누르니 화면 가득 흙들이 줄지어 나왔다. 게다가 몇 페이지에 걸쳐 흙이 끝도 없이 화면에 떴다. 상품평을 읽고 평이 좋은 걸로 흙을 주문했다. 화분도 사려다가 베란다 구석에 보관해 둔 큰 화분을 쓰기로 했다.

흙이 도착하자마자 아이는 산타클로스 할아버지한테 선물이라도 받은 듯 흥분했다. 흙 봉지를 옮기려고 들다가 휘청했다. 10kg 흙 봉지를 설레는 마음만으로 번쩍 들기는 어려웠던 모양이다. 그리고는 도와준다는 말에도 됐다며 혼자 흙 봉지를 베란다로 날랐다. 나도 모종삽과 신문지를 들고 따라갔다.

바닥에 신문지를 깔아주니 아이는 조심스럽게 화분에 흙을 긁어 산세베리아를 빼냈다. 새 화분에 새 흙을 조금 담고 그 위에 산세베리아를 심었다. 남은 흙을 부어주고 꼭꼭 눌러줬다. 영양제와 물을 흠뻑 주는 것도 잊지 않았다.

사나흘쯤 지났을까. 분갈이를 한 이후로 산세베리아 잎은 가장자리부터 누렇게 변했다. 불길했다. 겉흙을 만져 마른 상태를 확인한 뒤 물을 흠뻑 주고 기다렸다. 제발 힘내라는 뜻으로 틈나는 대로 영양제도 꽂아주었다. 며칠이 지나도 누런 잎은 회복되지 않았다. 그렇게 시름시름 앓다가 산세베리아는 누렇게 떠서 끝내 떠나갔다.

한참 지난 뒤에야 분갈이할 때 주의할 점을 찾아보았다. 그런데 검색해 보니 의외의 답이 나왔다. 내가 했던 방법은 전부 틀렸었다는 걸 알게 됐다. 분갈이 이후에는 과습 하면 뿌리가 썩으니 마른 듯 관리하란다. 비료도 주면 안된다고 하는데 난 물도 영양제도 듬뿍 주었다. 나의 무지가 분갈이로 힘겨웠던 산세베리아를 끝없이 괴롭혔던 것이다.

'차라리 조금 좁게 살더라도 원래 화분에 그냥 놔둘 걸' 후회
가 밀려왔다. 분갈이 전에는 아주 싱싱한 색감과 자태로 집안에
생기를 북돋아 주던 산세베리아인데 분갈이로 병을 얻어 떠난
게 분명했다.

> 분갈이를 한 뒤에는 식물이 쇠약해져 있기 마련이므로
> 한동안 시원하고 그늘진 곳에 두어 쉬게 한다. 볕은 오전
> 에 충분히 받도록 하고 빛이 강해지는 오후에는 반드시
> 차광을 하거나 그늘진 곳으로 옮겨야 한다. 분갈이 후에
> 는 생육이 잠시 정지되므로 과습 하면 뿌리가 모두 썩어
> 버린다. 따라서 새 눈의 활동이 눈에 띌 때까지 식재가 마
> 른 듯하게 관리하고 공중 습도를 약간 높게 유지해 준다.
> 약제를 주기적으로 살포해 병의 발생을 예방하되 비료를
> 주어서는 안된다.
>
> — 네이버 지식백과

분갈이는 식물이 다음과 같은 상태일 때 실시하여야 한다.

1. 화분 흙이 빠르게 마를 때
2. 뿌리가 화분 밖으로 삐져나왔을 때

3. 화분에 비해 식물이 지나치게 클 때

4. 잎이 다른 이유 없이 시들시들해졌을 때

5. 배수가 원활히 이루어지지 않을 때

분갈이를 하면 대부분의 잔뿌리가 제거되어 회복될 때까지 뿌리 체계의 기능이 크게 저하되기 때문에 필요한 경우가 아니라면 분갈이를 하지 않는 것이 좋다.

— 다음 백과

식물의 분갈이에 대해 조사해 보면서 분갈이로 잔뿌리를 상하게 할 수 있다는 점, 분갈이 이후 생육이 잠시 정지해 쇠약해질 수 있다는 점이 충격적이었다. 그전에는 식물이 원하는 시기에 원하는 만큼 물을 주면 된다고 생각했다. 그리고 햇볕을 충분히 쐬게 해 주어 잎으로 광합성을 하면 그것으로 생존에 필요한 환경은 모두 조성해 주었다고 생각했다.

그런데 뿌리의 상처, 잔뿌리의 손상에도 식물은 쉽게 약해진다고 한다. 분갈이 후 식물의 생육이 잠시 정지할 정도로 뿌리의 상태가 중요하다는 것을 알게 됐다.

식물을 키울 때 분갈이는 고난도 작업이다. 분갈이하기가 힘이 든다기보다 분갈이 이후 식물이 새 환경에 적응해서 잘 자라기까지 지켜보는 게 여간 힘들지 않다. 식물의 분갈이란 단순히 삶의 터전을 옮기는 것만이 아니었다.

식물의 뿌리란 식물의 과거, 식물의 유년 시절이다. 분갈이는 식물의 유년 시절이 담긴 뿌리에 작은 상처가 나는 것을 감내하는 일이다. 그 상처를 회복하는 과정까지가 분갈이의 완성이다.

사람의 유아기와 식물의 뿌리는 생명체의 근원이다. 식물에 뿌리가 중요한 것처럼 사람에게는 유년 시절이 중요하다. 그리고 식물 뿌리의 손상이 식물에 큰 영향을 미치듯이 유년 시절의 상처가 다 큰 성인들을 흔들기도 한다.

문득 전에 읽었던 김형경은 《소중한 경험》에서 내면아이에 대해 읽었던 기억이 났다. 김형경은 '소중한 경험'에서 '아무것도 아닌 일에 격한 반응을 보이는 것은 그런 문제로 상처받은 내면아이가 존재한다는 의미'라고 했다. 화가 날 때마다 그 화나는 내면아이를 알아차릴 수 있어야 한다고.

문득 '나에게 화나는 내면아이는 어떤 모습일까?' 궁금해져 내 안을 뒤적여 봤다.

어느 날 지인들과의 모임에서 난 아이의 교육 문제로 걱정을 하고 있었다.

"요즘 면접에 수학 심화 문제가 나온다는데... 아이가 심화 문제를 말로 잘 설명할 수 있을지 걱정되네요."

그때 지인이 말을 자르며

"어이구. 또 자식 걱정이야? 지금 아이 교육이 다인 것 같지? 살아보니 그게 그렇게 중요한 게 아니더라고"라며 내 말 전반에 걸친 반감을 표시했다. 그러더니 그 지인은 일장 연설을 시작했다.

"사실은 우리가 지금 신경 써야 할 것은 노후 준비야. 자식 교육 대신 노후 준비에 심혈을 기울여야 하는 거야."

인생의 진리를 터득한 것처럼 내 생활태도의 방향을 전환하려고 했다. 지인의 그 말은 내 안의 무언가를 할퀴고 지나가는 것 같았다. 그 뒤 지인이 말을 하는 동안 할퀸 자리가 계속 쓰라렸다. 그때부터 난 더 이상 듣지 않고 혼자 생각했다.

'왜 만날 나한테 틀렸다고 하지? 내가 왜 아직까지 배우는 아이 취급을 받아야 하지?'라고 분노가 치밀었다.

참다못해 다음 말을 자르며 "사람마다 생각이 다른 거죠"라고 퉁명스럽게 말해버렸다. 순간 분위기는 냉랭해졌다. 그냥 듣고 흘리면 될 것을 가르쳐 주겠다는 사람에게 노골적으로 반감을 표하다니! 내가 생각해도 자연스러운 대응은 아니었다.

사실 나의 이런 반응은 어렸을 때부터 들어온 지시형, 훈계형 화법에 대해 거부감을 느꼈던 내면아이의 발현이었던 것이다.

사범대학 나온 엄마는 내가 무슨 말을 하면 항상,

"아니야. 그게 아니야. 그건 틀렸어. 내가 가르쳐 줄게. 그건............"

이렇게 시작되곤 했다. 나도 모르게 내 말이 부정당하는 데 대한 상처가 꽤 깊었던 것 같다. 어렸을 때는 내 생각에 확신도 없을 때다. 그때 가장 가까이에서 나를 보호해 줄 엄마가 '아니야'라며 말을 시작한 것은 내 생각을 부정당하는 상처였다.

나 나 나

마거릿 폴의 《내면아이의 상처 치유하기》에서는 '내면아이의 고통을 치유하기 위해 사랑을 베푸는 부모가 되어줄 수 있다. 내면아이에게 다시 부모가 되어줌으로써 우리는 과거의 고통을 치유하고 잊을 수 있다. 사랑을 베푸는 성인 자아는 내면아이의 욕구를 살펴보고 돌보며 지지해주는 방식으로 부모의 역할을 한다. 우리가 가슴 깊이 쌓인 오래된 고통과 수치심을 살펴보려 마음을 여는 것 자체가 자신을 사랑하는 행동이 된다'라고 설명한다. 또한 '고통을 마주 볼 수 있는 유일한 방법은 성인 자아가 내면아이에게 그 고통을 함께 감당할 수 있다고 알려주는 것이다. 그런 성인 자아가 없으면 내면아이는 과거의 견딜 수 없는 고통

속에 홀로 내던져져서 자신을 보호하고 방어하려고 한다'라고 강조한다.

그 뒤부터 나는 다른 사람이 내 말을 지적하고 훈계하려고 할 때마다 내 안에 '내면아이'가 화가 나는 걸 알아차릴 수 있었다. 그리고 부모의 역할이 되어 내 안의 내면 자아를 치유하려고 한다. '지금 화가 나는 것은 어렸을 때, 내가 말할 때마다 부정당하고 지적받은 상처 때문이야. 괜찮아'라고 말해준다. 그러고 나면 묘하게 까슬까슬 보풀처럼 일어났던 감정이 섬유유연제를 쓴 것처럼 부드럽게 가라앉곤 한다.

분갈이 뒤 식물이 건강하게 자라지 못할 때 그 원인을 뿌리에서 찾아보아야 하듯이, 나의 내면에 지나친 분노는 어렸을 때의 모습으로 돌아가 그 원인을 찾아보는 과정이 필요하다.

식물이 분갈이 뒤 손상된 뿌리를 회복할 시간이 필요하듯이 우리도 내면아이의 상처를 보듬을 정성이 필요하다. 내가 나 자신의 부모가 되어 과거 고통을 치유하는 과정, 그런 돌봄이 우리를 더 성숙하게 해 줄 것이다.

어렸을 때 많이 들었던 말 중 하나가 '성격이 좋을수록 친구가 많다'였습니다. 이 말은 점점 변해서 '○○이는 친구가 많잖아'라는 말이 ○○이는 성격이 좋다는 말로 통하곤 했습니다. 그 말에 마음으로 동의하지는 않았지만 대다수의 사람들이 그렇게 생각하는 것에 딱히 반론을 제기할 만한 근거가 없었습니다. 결국 그 말에 흔들려 의식하며 살아왔던 것 같습니다.

학창 시절 되도록 많은 친구와 잘 어울리며 지내려고 노력했습니다. 그래서인지 항상 어떤 무리에 속해 있었고 모임도 많았습니다. 결혼식장엔 결혼식 사진을 가득 메울 정도의 친구들이 와서 축하해 줬습니다. 친구와 찍은 결혼식 사진을 보고 있으면 그 시절 내가 생각납니다.

나이 들수록 모임에 나가 떠들썩하게 이야기하고 나면 외로움을 더 느끼곤 했습니다. 그 외로움은 비 오는 날 차를 마시며 느끼는 평온한 외로움과는 비교할 수 없는 것이었습니다. 마치 크리스마스 이브에 캐럴과 크리스마스 트리 불빛에 둘러싸인 채, 수많은 연인들 틈에서 혼자 밥을 먹는 느낌이었습니다. 진정한 외로움의 쓴맛을 알게 된 거죠.

이런 느낌이 다가오는 계절이 있습니다. 바로 봄입니다. 봄에는 겨우내 움츠렸던 기운이 활기를 찾습니다. 곳곳에 진달래, 개나리가 피어나고 목련, 벚꽃으로 세상이 환해집니다. 밝고 화사한 봄기운과 봄에 피는 꽃이 어우러집니다. 사람들은 꽃구경하러 여기저기 모입니다. 꽃구경하러 간 모임에서도 크리스마스 이브에 혼자 밥 먹는 느낌을 받곤 합니다.

봄꽃은 낮의 길이가 밤의 길이보다 긴 시기가 계속되면 꽃을 피운다고 합니다. 낮이란 시간은 학교나 회사에서 사람을 만나서 이야기하며 공부와 일을 하는 시간입니다. 낮의 길이가 밤의 길이보다 길어야 꽃을 피운다는 것은 사람을 만나서 활발하게 활동하는 시간이 많이 필요하다는 의미이기도 합니다.

낮의 길이가 길 때 꽃이 피는 봄꽃은 사람을 만나 사교생활을 즐기던 청년 시절 제 모습을 떠올립니다. 모임에 나가 어울리고 나면 더 허전해진 즈음부터 봄꽃의 노선이 내 길이 아니라고 느꼈습니다. 제겐 사람들 무리 속에 들어가 있는 시간이 많이 필요하지 않다는 걸 알게 됐습니다.

가을꽃은 밤의 길이가 낮의 길이보다 길어야 피어납니다. 밤은 나만의 시간으로 충전하는 때입니다. 혼자만의 시간인 밤 시간을 필요로 하는 가을꽃이 제게 친근하게 다가왔습니다. 이 모임, 저 모임에 지쳐가면서도 친구가 많아야 한다는 생각에서 벗어나지 못하던 제 모습을 되돌아보게 됐습니다.

가을꽃을 보며 용기를 얻었습니다. 가을꽃의 노선을 따라가기로 했습니다. 혼자만의 시간인 밤의 길이가 길어야 피어나는 가을꽃처럼 나만의 시간을 늘려갔습니다. 가을꽃처럼 어울림보다 사색을 즐기게 됐습니다.

가을꽃은 혼자 있는 시간을 즐기며 거리 전체를 뒤덮지 않고 듬성듬성 피어납니다. 국화꽃은 벗꽃이나 유채꽃같이 동네를 다 휩쓸지는 않습니다. 대신 자유롭고 꼿꼿하게 꽃을 피웁니다.

노란 국화는 개나리보다는 어두운 노란색으로, 붉은 국화는 분홍 진달래보다 진한 보랏빛으로, 밤기운을 머금은 채, 한층 가라앉은 색으로 피어납니다. 굳이 옆의 국화, 앞의 국화와 날마다 어울리느라 지치지 않습니다. 그래서인지 가을에 피는 꽃이 대체로 봄에 피는 꽃보다 더 오래 피어 있습니다.

내 인생의 모습을 담을 식물을 찾아내는 것, 내가 걸어 나갈 길을 찾아낸 것처럼 의미 있습니다. 발걸음에 설득력이 생겨 자신감도 따라옵니다.

다른 식물과 가는 방향이 달라도 괜찮습니다. 하나의 정답에 매인 채, 자신이 정답에서 얼마나 부족한지 가늠하지 않아도 됩니다. 자연 그대로의 길입니다.

이 책을 읽은 당신도 자신만의 답을 찾아가는 식물을 보며 당신만의 색과 향기를 간직하셨으면 좋겠습니다.

바람에 흔들리게
창문을 열어주세요

펴낸날 초판 1쇄 2021년 3월 24일

지은이 김지연

펴낸이 강진수
편집팀 김은숙, 김도연
디자인 임수현

펴낸곳 (주)북스고 **출판등록** 제2017-000136호 2017년 11월 23일
주 소 서울시 중구 서소문로 116 유원빌딩 1511호
전 화 (02) 6403-0042 **팩 스** (02) 6499-1053

ISBN 979-11-89612-93-1 03810

책 출간을 원하시는 분은 이메일 booksgo@naver.com로 간단한 개요와 취지, 연락처 등을 보내주세요.
Booksgo는 건강하고 행복한 삶을 위한 가치 있는 콘텐츠를 만듭니다.